JN036989

都会《まち》のトム&ソーヤ㉑

神々のゲーム

はやみねかおる

YA! ENTERTAINMENT

ゲームをはじめますか？

新規　続きから

講談社　YA! ENTERTAINMENT『都会《まち》のトム&ソーヤ①』と
『都会《まち》のトム&ソーヤ②乱！ RUN《ラン》！ ラン！』と
『都会《まち》のトム&ソーヤ③いつになったら作戦終了《ミッションしゅうりょう》？』と
『都会《まち》のトム&ソーヤ④四重奏《カルテット》』と
『都会《まち》のトム&ソーヤ⑤IN《イン》塀戸《VADE》』と
『都会《まち》のトム&ソーヤ⑥ぼくの家へおいで』と
『都会《まち》のトム&ソーヤ⑦&⑧怪人《かいじん》は夢に舞《ま》う〈理論編〉〈実践編《じっせんへん》〉』と
『都会《まち》のトム&ソーヤ⑨&⑩前夜祭《EVE》〈内人《ないと》side《サイド》〉〈創也《そうや》side《サイド》〉』と
『都会《まち》のトム&ソーヤ⑪DOUBLE《ダブル》』と

『都会《まち》のトム&ソーヤ⑫ IN《イン》 THE《ザ》 ナイト』と
『都会《まち》のトム&ソーヤ⑬ 黒須島《くろすとう》クローズド』と
『都会《まち》のトム&ソーヤ⑭ 夢幻《むげん》』と
『都会《まち》のトム&ソーヤ⑮ エアポケット』と
『都会《まち》のトム&ソーヤ⑯ スパイシティ』と
『都会《まち》のトム&ソーヤ 外伝 ⑯.⑤ 魔女《まじょ》が微笑《ほほえ》む夜《よる》』と
『都会《まち》のトム&ソーヤ⑰ 逆立ちするライオン』と
『都会《まち》のトム&ソーヤ⑱ 未来からの挑戦《ちょうせん》』と
『都会《まち》のトム&ソーヤ⑲ 19BOX《ボックス》』と
『都会《まち》のトム&ソーヤ⑳ トム vs. ソーヤ』のデータを入れてください。

『都会《まち》のトム&ソーヤ 完全ガイド』
『都会《まち》のトム&ソーヤ 最強ガイド』
オフィス303により、アップデート済み。

『都会《まち》のトム&ソーヤ　日めくり名言カレンダー』で、
時刻とタイムゾーンの設定をしてください。

拡張オプション
『都会《まち》のトム&ソーヤ　ゲーム・ブック　修学旅行においで』
『都会《まち》のトム&ソーヤ　ゲーム・ブック　「館《やかた》」からの脱出《だっしゅつ》』
『都会《まち》のトム&ソーヤ　ゲーム・ブック　ぼくたちの映画祭』をインストールしてください。

本棚《ほんだな》の容量に不安があります。大きめの本棚《ほんだな》を用意してください。電子書籍《しょせき》の活用も、おすすめします。

映画、ドラマ（全八話）のデータもあります。
青い鳥文庫版のノベライズや、ＤＶＤ＆Ｂｌｕ－ｒａｙでもお楽しみください。

ゲームをはじめますか？
新規　続きから

『都会《まち》のトム＆ソーヤ㉑　神々のゲーム』のデータを読みこみます。

目次

登場人物紹介

内藤《ないとう》内人《ないと》

塾通《じゅくがよ》いに追われるふつうの中学2年生。成績もスポーツも平均的。かつておばあちゃんから、サバイバルの知恵《ちえ》をたくさん教わった。

竜王《りゅうおう》創也《そうや》

学校創設以来の秀才《しゅうさい》といわれる、内人の同級生。竜王グループの後継者だが、夢は「世界最高のゲームクリエイターになり、究極のゲームをつくること」。

二階堂《にかいどう》卓也《たくや》

竜王グループの社員で、創也のお目付役兼《けん》ボディガード。保育士になるのが夢。

柳川博行《やながわひろゆき》

美大生で、栗井栄太では音楽とグラフィックを担当。内人の学校へ教育実習にきたこともある。

神宮寺直人《じんぐうじなおひと》

伝説のゲームクリエイター・栗井栄太《くりいえいた》のリーダー。

鷲尾麗亜《わしおれいあ》

冒険作家《ぼうけんさっか》で、栗井栄太では脚本《きゃくほん》担当。「姫《ひめ》」と呼ばせている。

浦沢《うらさわ》ユラ

依頼《いらい》があればなんでも企画書をつくる、『頭脳集団《プランナ》』の上級幹部候補生。中学3年生。

ジュリアス・ワーナー

栗井栄太のプログラミング担当。別人格である妹・ジュリエットが内在している。

OPENING《オープニング》
護堂《ごどう》を待ちながら

今から四十九年前――。

M大学文芸部が発行する文芸部誌に『護堂《ごどう》を待《ま》ちながら』という作品が掲載《けいさい》された。

作者は厄子《YAKUSI》。

四百字詰《づ》め原稿用紙《げんこうようし》にして二十一枚という、短い小説だ。

内容は、護堂を待つ大学生の話。


大学生たちは、護堂を待つ間、ゲームをして時間をつぶした。

スマホゲームやテレビゲームではない。サイコロを使うボードゲームだ。

ゲームボードには、幾何学模様《きかがくもよう》が複雑に描《えが》かれている。記号もいくつか書かれているが、意味不明のものがおおい。見たような覚えがあるのは『π《パイ》』に似た文字ぐらいだ。

ボードの表面は、霞《かすみ》がかかったように見づらい。まるで、ボード自体が霧《きり》を出し、見えにくくしているようだ。

ひとりの大学生が、正四面体のサイコロをふる。すべての面に『1』が彫《ほ》られた、骨でつくられたものだ。

「護堂、ほんとうに来るかな?」

そのつぶやきに、だれかが答える。

「来るんじゃない？」

「いや……どうかな……。あいつ、気まぐれだからな……。なに考えてるかわかんないところもあるし――」

「一度機嫌《きげん》を損《そこ》ねたら、二度と来ないだろうしな」

「さわらぬ護堂にたたりなし――おれ、ほんとうは関わりたくないんだけど……」

かわいた笑い声が起こる。

その後、だれも口をひらく者はいない。しばらく、無言でゲームが続く。

そして、またひとりの大学生がつぶやく。

「どうすれば、護堂は来るかな？」

〝まだ来ないと決まったわけじゃない〟――このことばは、だれからも出なかった。

「こういうのは、どうだろう？」

だれかが口をひらいた。

「ゲームだけじゃなく、あいつが好きそうなもの――うまい料理や酒、楽しい音楽、おもしろい本なんかを用意すればいいんじゃないか？」

だれも、賛成とも反対ともいわない。

そのままゲームは続く。

護堂は来ない。

何時間、いや……何日たったかわからない。ゲームは終わらなかったし、護堂も来ない。

来たのは、一通の封筒《ふうとう》。中には、読みにくい文字で書かれた一枚の紙。

四十九年後、きみたちが召喚《しょうかん》の紋様《もんよう》を描《か》いたら、
リセットしに行ってあげるよ。

封筒を受け取った学生たちは、またゲームにもどる。

「楽しみだな」

だれかがつぶやいた。その気楽ないい方は、四十九年という時間の長さを感じさせない。

『護堂を待ちながら』を読んだ者たちからは、さまざまな感想が出た。

「護堂って、何者なんだ？」

「GOD《ゴッド》？　……つまり、神？」

「これは、神を呼ぶ話？」

「そのためには、〝召喚の紋様〟を描かないといけないんだろ」

「なんだ、〝召喚《しょうかん》の紋様《もんよう》〟って?」

「小説の中には、〝五芒星《ごぼうせい》〟のことだと書いてあるぞ」

「うまい料理や酒、楽しい音楽なんかを用意するって……まるで、祭りだな」

「だったら、大学祭を利用すればいいんだ」

「大学祭のときに五芒星を描《か》けば、護堂は来るのか……?」

「あと、ゲームも用意しなきゃいけないんじゃないか?」

「じゃあ、ゲームコンテストだ。いろんなゲームを出品させよう。どれか一つぐらい、護堂が気に入るものがあるだろう」

「でもさ――。護堂は〝リセット〟しにくるっていってんだろ? リセットするって……なにをリセットする気なんだ?」

「それに、一度でも機嫌《きげん》を損ねたら、二度と来ないんだろ。護堂って、ややこしい奴《やつ》だな」

「だいたい、護堂ってほんとうにいるのか?」

さまざまな憶測《おくそく》や疑問がささやかれた。

それらに答えられる者はいなかった。

「作者――厄子にきけば?」

いちばん確実な方法を、だれかがいった。

しかし、それはできなかった。

厄子が何者かを知ってる学生が、だれもいなかったからだ。


何年もの時間が過ぎた。

『護堂を待ちながら』の小説を知ってる者は、もう大学内にいない。

残ったのは「護堂が来てくれたら、なにかをリセットしてくれる」という、フワフワした期待のようなものだけ――。

あと、大学祭で各種団体がゲームを出品する『ＭＧＣ《M university Game Contest》』が慣例になったこと――。

そして四十九年が過ぎ、Ｍ大学大学祭のためにおおくの者たちが動きはじめた。

護堂は来るのか?

その答えが、もうすぐ出ようとしている。

神々のゲーム

01　ぼくらにゲーム制作の依頼《いらい》があり、すこしばかり舞《ま》い上《あ》がる。

「ぼくは、ブレンドコーヒーにするよ。きみは？」

創也《そうや》が、メニューをすべらせてくる。

ぼくは、おそるおそるメニューを手に取る。

ファミリーレストランというものに慣れていないうえに、所持金から考えて安いものしか注文できない！　となると、選択肢《せんたくし》は〝ドリンクバー〟。しかし、それより安い〝アークティックブレッド〟というのがメニューにのっている。……なんだ、〝アークティックブレッド〟って？

メニューをにらみつける目。ぼくの頭上で、創也のことばがうずを巻く。

「コーヒーなら、ドリンクバーでも飲める。それを、あえてブレンドコーヒーを注文《オーダー》するのは、ドリンクバーのコーヒーとは明確なちがいがあるからだよ。この店のドリンクバーのコーヒーは、コーヒー原液を飲料水でうすめたものだからね。煎《い》れたてでも挽《ひ》きたてでもない。せっかく飲むのなら、おいしいコーヒーを飲みたいじゃないか」

〝お金〟という要素を考慮《こうりょ》されてない、まったくどうでもいいことばだ。

「この店のブレンドは、コーヒー豆ごとの持ち味と長所を活《い》かして配合してある。ぼくはコーヒーにくわしくないからよくわからないが、どのような豆を、どんな比率で配合してあるのか知りたいとは思わないかい？」

――ぼくが知りたいのは、〝ブレンド〟じゃなく、〝ブレッド〟だ。

そのとき、昨日の深夜映画でやってた『ブレット・トレイン』が不意に頭にうかぶ。

――〝ブレット〟の意味は〝弾丸《だんがん》〟。ということは、〝ブレッド〟も同じような意味だろう。

これで、残る謎《なぞ》は〝アークティック〟だけになった。

――〝アーク〟の意味は、わかる。『聖櫃《せいひつ》』だ！

頭の中で、威勢《いせい》のいいマーチが響《ひび》きわたる。

――つまり、〝アークティックブレッド〟とは、〝プラスチックの聖櫃に入った弾丸〟のことだ。

なぜ、ファミリーレストランのメニューに〝プラスチックの聖櫃に入った弾丸〟などという、わけのわからない料理がのっているのかという謎は、どうでもいい。そういえば、〝シェフの気まぐれサラダ〟などという料理があるってきいたことがある。かんじんなのは、そんな料理よりドリンクバーを頼《たの》めばいいという答えが出たことだ。

満足したぼくは、口をひらく。

「ドリンクバーにするよ」

すると、創也があわれみの目をむけてきた。

「あのね、〝アークティックブレッド〟は、おもにスウェーデン北部で食べられているやわらかいパンのことだからね」

「……なんだよ、急に？」

ぼくは、動揺《どうよう》してるのを悟《さと》られないようにいう。

──〝アークティックブレッド〟の正体は、パン？ 弾丸《だんがん》のことじゃなかったのか？

創也が、ぼくから視線を外す。

「いや……いつも内人《ないと》くんは、いちばん安いものをオーダーするだろ。なのに、いちばん安いアークティックブレッドではなく、ドリンクバーにした。なぜか？ ひょっとして、アークティックブレッドが、どんな食べ物か知らないんじゃないかと思ったんだ」

「バカにするなよ。〝アークティックブレッド〟ぐらい知ってるさ」

そう答えるぼくの声は、すこし上ずっていたのではないだろうか。

創也が、肩《かた》をすくめる。

「だったらいいんだけどね。──ちなみに、〝ブレッド〟は、弾丸ではなくパンのことだよ。

まぁ、知ってると思うけど」

「とうぜんだろ」

そう答えながら、『心のメモ帳』に「〝ブレッド〟は〝パン〟！」と赤字で書きこむ。


さて――。

どうして、気持ちのいい土曜日の午後に、創也とファミレスでメニューに悩《なや》んでいるのか？

今から、それを説明しよう。


ぼくらがゲームをつくってることは、同じ学校の生徒や、きみたちぐらいしか知らなかった。

それが最近、ゲーム雑誌で紹介《しょうかい》されたり、ローカルニュース番組の一コーナーで取り上げられたりして、すこしは認知《にんち》されるようになった（もっとも、創也が竜王《りゅうおう》グループの次期総帥《そうすい》という立場から、〝竜王〟という名前を出さないようしたり、顔出しはひかえるなどの注意はしている）。

『南北磁石《なんぼくじしゃく》』――これが、ぼくと創也がゲームをつくるときの名前だ。

「中学生で、おもしろいゲームをつくる『南北磁石』という奴《やつ》らがいる」

こういう話が広まっても、ぼくらの生活に変化はない。

街を歩いていても、ぼくが声をかけられるのは路上アンケートのときだけだし、創也が「いっしょに写真撮《と》っていただけますか?」と女の子にお願いされるのも、変わらない。

それが先週、砦《とりで》に行くと、上機嫌《じょうきげん》の創也がいた。なにもいっていないのに、ぼくの前にダージリンティーのカップをおき、

「連日の塾通《じゅくがよ》いたいへんだね。健康状態は良好かい?」

猫なで声《ねこごえ》でいってくる。

ぼくは、カップに手を出さない。

――なにをたくらんでるんだ?

警戒《けいかい》しているぼくにかまわず、創也が続ける。

「健康はだいじだよ。『原稿《げんこう》より健康!』という有名なことばがあるぐらいだからね。たっぷりの睡眠《すいみん》と適度な運動、バランスのとれた食事を心がけてくれたまえ」

微笑《ほほえ》む創也。

ぼくは、警戒を解かずにきく。

「……ずいぶんやさしいじゃないか。どうして、ぼくの健康をそこまで気にしてくれるんだ?」

すると、創也はニヤリと笑う。

「いそがしくなるからだよ」

その指先には、白い封筒《ふうとう》がはさまれている。

「先日、地元新聞の地方欄《ちほうらん》の取材を受けただろ。その新聞社に連絡《れんらく》があったんだ。『南北磁石』にゲーム制作を依頼《いらい》したいってね」

――なんですと！

「依頼主は、南野園《みなみのその》。M大学の三年生だ。M大の大学祭には『MGC《M university Game Contest》』というゲームコンテストがあるんだけど、それに出品するゲームをつくってほしいというんだ」

創也のウキウキした声。

きいてるぼくも、ワクワクしてきた。

「すごいな……。とうとう、ぼくらも依頼される立場になったんだ」

「そう興奮することでもない。栗井栄太《くりいえいた》ご一行さまも、依頼を受けて、たくさんのゲームをつくっている。ぼくらが依頼されても、なんのふしぎもない」

そういう創也の小鼻がふくらんでいる。

「で、どんな感じのゲームをつくればいいんだ？」

ぼくがきくと、創也が封筒をわたしてきた。

中を見ると、A4サイズの書類が入っていた。

時候のあいさつの後、依頼内容の説明や依頼理由が書いてある。そして最後に、「くわしいお話がしたいので、よろしければ打ち合わせをお願いしたい」という文章。

指定された場所は、砦《とりで》近くのファミリーレストラン。

すこし長くなったけど、ぼくらがファミレスにいる理由はわかってもらえたと思う。


「そういえば、卓也《たくや》さんはどうしたんだ？」

二階堂《にかいどう》卓也——創也のボディガードというか、お目付け役だ。

創也が体を動かさず、指ですこし離《はな》れた席を示す。黒背広の卓也さんが座《すわ》っている。テーブルには、ストローが刺《さ》さったトマトジュースのグラスとタバスコの瓶《びん》。

——気配を殺してるので、わからなかった。

でも、仕事をしてないわけじゃない。ぼくらのテーブルにだれかが近づくと、卓也さんのくわえたストローが、微妙《びみょう》に動く。

——怪《あや》しい動きをしたら、タバスコ入りのトマトジュースを発射する気なんだろうな……。

幸いにも、みょうな人物は近づいてこない。

代わりに現れたのは、大きなサングラスをかけた女性だ。

「『南北磁石』のおふたりですね。お待たせしました」

黒い髪《かみ》をポニーテールにし、紺色《こんいろ》のスーツをビシッと着た姿は、やり手のビジネスウーマンって感じがする。

ぼくと創也は、あわてて立ち上がり頭を下げる。

むかいの席に座《すわ》った女性は、身を乗り出すようにして話しはじめる。

「M大学経済学部三年生の南野園です。文芸部の部長もつとめています。本日は、よろしくお願いします」

頭を下げる南野さん。ぼくらも自己紹介《じこしょうかい》しようと口をひらいたんだけど、なにかいう前に南野さんの口からことばがこぼれる。

「わたしが御社《おんしゃ》にゲーム制作を依頼《いらい》した理由は、二つあります。一つは、ニュースで御社の活動が紹介されてるのを見たとき、つくっているゲームの独自性、多様性に感動したからです。もう一つは、可能性です。中学生がつくっているゲームということで――」

マシンガンのように、ことばが撃《う》ち出《だ》される。よけることもできず、被弾《ひだん》する。

ただ、南野さんは、ぼくらを見ていない。一方的に話しているだけだ。

ぼくは、視線を南野さんにむけたまま、横にいる創也に小声できく。

「〝おんしゃ〟って、なんだ?」

「相手の会社を敬っていうときに使うことばだよ。就職試験の面接などで、よく使われる。ちなみに、書類に書くときは〝貴社〟を使うね」

「『南北磁石』って、会社なのか？」

軽く肩《かた》をすくめる創也。

そして、南野さんにむかって両手を広げる。

「ちょっと待ってください。あなたが、ぼくらのことを評価してくださっているのは、よくわかりました。ですから、もうすこし落ちついてくださいませんか」

すると、停止ボタンを押《お》したみたいに、南野さんの口が止まった。大きくため息をつくと、体の力がフニャリとぬける。

「ごめんなさい……。つい、面接のくせが出て――」

頬《ほお》を赤らめる南野さん。

創也がいう。

「就職活動、たいへんなんですね」

「ええ。でも、今は大学祭の準備を楽しんでます」

南野さんが微笑《ほほえ》むと、さっきまでのビジネスウーマンの雰囲気《ふんいき》は消え、大学生のお姉さんに変身した。

「あらためまして、南野です」

うん、話しやすい。

ぼくらが自己紹介《じこしょうかい》をして、創也が主導で話を進める。

「それで、どのようなゲームをつくればいいのか、いろいろ話をきかせていただけますか」

創也のソフトないい方に、南野さんの肩《かた》の力がぬける。

持っていた黒いビジネスバッグからタブレットを出す。

「資料をＰＤＦにまとめてきました」

すると創也も、デイバッグから出したタブレットで資料を受け取る。

資料を開くと、Ｍ大学祭やＭＧＣの歴史、大学祭実行委員会の組織図などが書かれていた。

「おふたりは、Ｍ大学の学祭に来たことありますか？」

ぼくは首を横にふるが、創也はうなずく。

「ゲーム制作の参考のために、毎年行ってます」

なるほど。ゲームオタクの創也らしい答えだ。

南野さんが、うれしそうにうなずく。

ぼくは、気になってることをきく。

「ＭＧＣに、各種団体がゲームを出すんですよね？　他の大学でも、そんなコンテストがあるんですか？」

「きいたことないですね。うちの大学だけの慣例です」

——そうなんだ……。

すこし、違和感《いわかん》。

——いったい、どうしてそんな慣例ができたんだろう?

となりに座《すわ》っている〝蘊蓄雑学《うんちくざつがく》たれ流《なが》し野郎《やろう》〟に答えを求めたのだが、

「楽しいからいいじゃないか」

と、すました顔をしている。

そして、ぼくのほうにタブレットをすべらせる。大学祭に行ったことがないぼくに、資料を読めということだろう。

注文してあった飲み物がテーブルにおかれ、南野さんが口をひらく。

「先日の大学祭実行委員会で、MGCに関する提案があったのです。今年は、各種団体からゲームの出品料を取り、集まったお金を最も優秀《ゆうしゅう》なゲームをつくった団体に賞金としてわたそうと——」

おおっ!

なんだか、燃える展開だ。

「出品する団体は、ぜんぶで百四十七。集まった出品料の中から、運営に使う予算をのぞいた九十八万円が、優勝賞金になります」

九十八万！

微笑《ほほえ》む南野さん。

「『南北磁石』には、ゲーム制作費として一万円。さらに優勝した場合は、賞金の半分――四十九万円をお支払《しはら》いする。この条件でいかがでしょう？」

――一万円……。

ゲームを一つつくるには、時間も体力も予算もかかる。その報酬《ほうしゅう》が一万円というのは、安すぎるんじゃないか？

――さて、創也は、どう出るか？

そう思って奴《やつ》を見ると、南野さんと同じように微笑んでる。

「つまり、五十万円いただけるというわけですね」

自信にあふれた創也のことば。

――さすがだな……。最初っから優勝すること以外、考えてないんだ。

ぼくは感動する。

――この打ち合わせ、創也にすべて任せておいたほうがよさそうだな。

そう判断したぼくは、タブレットの資料を見る。大学祭の開催日時《かいさいにちじ》を見て、おどろく。

「大学祭って三日もやるのか？」

あきれたように、創也がため息をつく。

「中学の文化祭とはちがうんだよ。いいから、きみは資料を読んでいたまえ」

——へいへい、わかりましたよ。

邪魔者《じゃまもの》あつかいされたぼくは、資料にもどる。大学祭の歴史や当日までの日程表なんか見てもおもしろくないので、スルー。

『プログラム（仮）』の画面まで、指をすべらせる。

イベントや模擬店《もぎてん》、ライブコンサートなど、中学の文化祭では見かけない文字の群れ。

——一般客《いっぱんきゃく》も来るんだ。しかも、想定来客数が五万八千人……。無料のオンライン配信で、学祭のようすも見られるようになっている。配信を使ったイベントもおおいな……。

ぼくは、納得《なっとく》する。

——たしかに、中学の文化祭とは規模がぜんぜんちがう。五万八千人の来客が、それぞれ五千円を使うとして……。

頭の中で、必死で計算する。

——三億近い金が動く！

額に汗《あせ》がにじむ。あまりに金額が大きすぎて、想像できない……。

落ちつく意味もこめて、コーラのグラスを持つ。優雅《ゆうが》なしぐさでコーラを口にふくみ、『プログラム（仮）』に目をもどす。

——で、ライブにはだれが出演するんだ？

ぼくの目に、出演者の文字が飛びこんでくる。

次の瞬間《しゅんかん》、口の中のコーラを、創也にむかってテッポウウオのように吹《ふ》き出《だ》していた。

「……きみは、ぼくになにかうらみでもあるのかい？」

ハンカチで眼鏡をふく創也。怒《いか》りに満ちた目が、タブレットを見て大きくひらかれる。

ぼくは、南野さんにきく。

「加護妖《かごよう》のライブがあるんですか！」

楽しそうな南野さん。

「内藤《ないとう》くんは、加護妖のファンなんですか？」

「……ええ、まぁ……」

チラリと、創也を見る。

創也は、無表情。でも、口元がおかしな形になっているから、おどろきの声を出さないようにがんばっているのだろう。

「えーっと……ですね」

加護妖との関係を話そうとしたとき、創也がさりげなく指を一本のばした。その指を自分の唇《くちびる》に当てる。

しゃべるな、という意味だ。

――なんでだよ?

目で問いかけてもなにもいわない。ただ、なんとなく、話さないほうがいいということだけは伝わった。

加護妖――。疾風《はやて》のように現れて疾風のように去っていった、とてもふしぎな『謎《なぞ》の転校生』。

いや……。こんなかんたんな説明では、加護妖のことをわかってもらえない。

正直、ぼくは加護妖をおそれている。

転校してから一度、加護妖は砦《とりで》をたずねてきた。そして、ぼくに『神々のゲーム』の小説を書くようにいった。

彼女《かのじょ》が去《さ》り際《ぎわ》にいったことば――。

「ハヤク　コチラノセカイニ　イラッシャイ」

――なんだ、〝コチラノセカイ〟って……。

考えると、足下《あしもと》がゆらぐような感覚が襲《おそ》ってくる。だから、ぼくは忘れようとがんばった。そのおかげで、すっかり忘れていた。

その加護妖が、大学祭にやってくる。そしてぼくらは、大学祭に出すゲームをつくる……。まるで、蜘蛛《くも》の巣《す》にとらわれた虫のような気分だ。

そして、創也――。

創也は、加護妖から『神々のゲーム』の話をきいたとき、とても興奮した。自分たちがつくるべきゲームだといった。

なのに、数日すると、『神々のゲーム』を口にすることはなくなった。なぜ、急に話さなくなったのか？　こわくてきけなかった。

口から細く長く息を吸い、気持ちを落ちつかせる。そして、南野さんに笑顔《えがお》をむける。

「そうなんです。ぼくも創也も、加護妖の大ファンなんです。創也なんか、彼女《かのじょ》の映画を観に、二十回も劇場へ行ったぐらいです」

ぼくの横で、創也が引きつった笑顔でうなずく。

南野さんも、笑顔になる。

「それはよかったです。ぜひ、ライブも見てくださいね」

「一つうかがっていいですか？」

創也が口をひらく。

「加護妖のライブとなると、高額の出演料が必要だったんじゃないですか？」

たしかにそうだ。

主演映画もあり、配信の視聴《しちょう》ランキングも上位に位置する加護妖。ライブに呼ぶとなると、かなりのお金を用意しなければいけないだろう。

「それがですね——」

南野さんが、首を横にふる。

「実行委員会できいたのですが、M大学のほうから出演依頼《いらい》はしてないんです。加護妖サイドから、出演させてほしい、出演料もいらないといってきたんです」

「…………」

ぼくの頰《ほお》を、冷たい汗《あせ》が流れる。

——ここまでする加護妖……。いったい、なんの目的があるんだ……。

ぼくとちがって、創也は冷静だ。

眼鏡の位置を直すと、南野さんにいう。

「失礼しました。加護妖のことになると、つい熱くなってしまうのは、ファンの悪いところです。ゲーム制作の話にもどりましょう」

その後——。

ゲームの骨子や、制作スケジュールを確認《かくにん》して、南野さんと別れた。

砦《とりで》にもどり、創也はコンピュータの前に座《すわ》る。

「創也――」

ぼくが声をかけると、かぶせるように創也が口をひらいた。

「報酬《ほうしゅう》をもらう以上、プロの仕事をしなければいけない」

「…………」

「加護妖のことが気になるのはわかる。それは、ぼくも同じだ。しかし今、ぼくらが重視しなければいけないのは、南野さんの要望に応えるゲームをつくることだ」

「…………」

創也のことばを胸《むね》の奥《おく》にしまう。

うん、たしかにいうとおりだ。ぼくは頭をふって、加護妖のことを忘れる。

そのようすを見て、創也がニヤリと笑う。

「『南北磁石』の初仕事だ。悔《く》いのないよう、目一杯《めいっぱい》やろうじゃないか！」

そういう創也の拳《こぶし》に、ぼくは自分の拳を当てる。

「で、どんなゲームを考えてるんだ？」

「まだ、なにも考えてないよ。今は、これまで行った学祭の風景を思い出しているところだ」

創也が目をとじる。その、まぶたの裏には、学祭のようすがうつし出されているのだろう。

ぼくはきく。

「なぁ——。大学祭って、やっぱりすごいのか?」

「そうだなぁ……」

目をとじたまま、創也が答える。

「基本は、中学の文化祭と同じだよ。みんな、一生懸命《いっしょうけんめい》準備して全力で楽しむことに変わりない。ただ、中学生と大学生では、能力に差があるからね、そのちがいは出るよ」

「………」

「安心したまえ。この先、きみが成長すれば、もっと派手で楽しい祭りができるようになるから」

きいていて、ワクワクする。

ぼくは、文化祭が好きだ。みんなとワイワイいいながら準備するのも、当日のバカさわぎも、さびしさと満足感を持ってのあとかたづけも、最高の思い出だ。

大学生になったら、それ以上の祭りができるんだ。

「未来が、楽しみだな!」

「……そうだな」

——あれ?

創也の返事が、一瞬《いっしゅん》おそかった。

そして、気づく。創也は、竜王グループの次期総帥《そうすい》。大学に行くとしても、日本の大学じゃないかもしれない。だいたい、大学に行くのか？

そんなことを考えてると、ワクワクしていた気持ちが、だんだんしぼんでいく。

——いや、ダメだ！　せっかく、『南北磁石』に仕事が入ったんだ。こんな気持ちじゃ、優勝できるようなゲームはつくれない。

ぼくは、無理に笑顔《えがお》をつくる。そして、明るい声で創也にいう。

「学祭用のゲームなんだけどさ——。ぼくのアイデアをきいてくれるかな」

創也も、笑顔をむけてくる。

「電柱をランクづけして、より強い電柱を見つけるっていうゲーム以外なら、よろこんできかせてもらうよ」

「…………」

ぼくは、なにも話せなくなる。

創也のため息。

「まだ、『電柱コレクション』のアイデアを捨ててないのかい？　そろそろ〝断捨離《だんしゃり》〟ってことばを覚えてもいいと思うよ」

「ちなみに、現在Ver 18まで進化してる」

ぼくのVサイン。

また、創也のため息。

ぼくは、反撃《はんげき》に入る。

「そういうおまえは、なにかアイデアの一つでもあるのか?」

「アイデアといえるほどまとまってないけど、ARを使うのがおもしろいんじゃないかと考えてる」

ARとは、拡張現実のことだ。現実世界に、ほんとうはその場にいないキャラやデータを重ねて見えるようにするというもの。それを見るのには、スマホのカメラや専用のゴーグルを使う。

——というようなことを、前に創也が教えてくれたけど、あってるのだろうか?

「プレイヤーには、スマホで参加してもらう。スマホの画面にうつるふしぎな物体を消していくんだ」

「ふしぎな物体? ——なんだ、それ?」

「その正体や、消す目的——それを考えるのは、シナリオを担当する者の仕事だね」

創也の指が、ぼくにむけられる。

「了解《りょうかい》。かんたんなプロットを考えるよ」

そういいながら、ぼくはワクワクする。

——物体は、人間が想像できないようなものがいいな。生物や機械というより、わけのわからないもの。それが、M大学の学祭に現れる。プレイヤーは、そのものを消してポイントをかせぐんだ。

どんどんストーリーがわいてくる。

「創也——」

ぼくは、拳《こぶし》を創也にむかってつき出す。

「いいゲームをつくろうな」

不敵に笑う創也。

「いうまでもない」

自分の拳を、ぼくの拳にコツンと当てた。

02　栗井栄太《くりいえいた》は舞《ま》い上《あ》がらない。

超《ちょう》がつく一流ホテルのレストラン。

静かなピアノ曲が流れる中、五人の男女が一つのテーブルについている。

赤いドレスの女性は、出された料理に手をつけず、ワインばかり飲んでいる。とても速いペースで空になるワイングラス。

さっきから、ソムリエはワインをそそぐのでいそがしい。

――転職したら、わんこそばの店員さんになろう。

そんなことを考えながら、女性――鷲尾麗亜《わしおれいあ》のグラスにワインをそそぐ。

五人の中で、いちばん年齢《ねんれい》の若い少年――ジュリアスが、となりの青年にささやく。

「どうして、姫《ひめ》は料理を食べないの？」

青年――柳川《やながわ》が、どうでもいいというように答える。

「駄菓子《だがし》ばかり食べてる姫には、この料理が口にあわないんだろ」

そういって、目の前の料理に集中する。

――この仔羊《こひつじ》のロースト……。今までにないうまみがある。シェフの調理法が優《すぐ》れているのか？　たしかに肉の切り方も火の通しかげんも、もうしぶんない。だが、それだけじゃない。

柳川は、細かく切った肉片《にくへん》を口にふくむ。

――そうか、肉がちがうんだ。肉を熟成させ、うまみを最大限に引き出している……。いったい、どうやって熟成させたんだ……？

真剣《しんけん》な表情でナイフとフォークを使う柳川を見て、ため息をつくジュリアス。

――味の秘密を探《さぐ》るのに必死だけど、ぼくらがどうして高級レストランにいることはふしぎに思わないのかな……。

視線を、一心不乱に食べている男にむける。神宮寺直人《じんぐうじなおひと》――ジュリアスたちゲーム制作集団『栗井栄太』のリーダーだ。

――いったい、リーダーはなにを考えてるんだろう？

首をひねるジュリアス。

神宮寺は、なにも考えていない。今、彼《かれ》の頭中を占《し》めているのは、「うまい！」という感情だけだ。

――この依頼《いらい》、どうする気なのかな……。

ジュリアスは、栗井栄太にゲーム制作の依頼《いらい》をしてきた学生――宮島健太郎《みやじまけんたろう》を見る。

宮島は、背が高いがやせている。食欲がないのか、出された料理にも、ほとんど手をつけない。

ナイフに刺《さ》した肉片《にくへん》を口に運ぶでもなく、チラリチラリと神宮寺たちのほうを見る。

「あの……あなたたち、本物の栗井栄太ですか？」

宮島が神宮寺にきいた。

神宮寺は、皿から顔を上げることなく、フォークをジュリアスにむける。

一つ咳払《せきばら》いして答えるジュリアス。

「宮島健太郎さん。あなたは、栗井栄太にゲーム制作を依頼するため、地元ラジオ番組に賛美歌をリクエストしました。その二日後、われわれは『栗《くり》四キロ売りたし』という新聞広告を出しました。それを読んだあなたは、連絡先《れんらくさき》として指定されたこのレストランにやってきた。――これでも、われわれが栗井栄太ではないと？」

ジュリアスの青い目に見つめられ、宮島は、あわてたようにうなずく。

「失礼しました。……ぼくのような学生の依頼を、伝説のゲームクリエイターである栗井栄太が受けてくれるとは信じられなくて」

「だれの依頼でも受けるわけじゃない。おれたちも、おまえのことは調べてある」

神宮寺が口をはさんだ。また、フォークをジュリアスにむける。

タブレットを出すジュリアス。

「宮島健太郎、M大学工学部建築学科三年生。映画研究会『M.U.C.C.』の会長。依頼《いらい》内容は、大学祭で行われるMGCに出すゲームを制作してほしいというもの。――そうですね？」

「二日かけて、依頼主のことは調べた。信用できると確信できたから、おれたちは新聞広告を出したわけだ」

こういったのは、柳川だ。

「なんなら、あなたの成績――今は、GPAっていうのかしら？　他には映画研究会内での人間関係、バイト先での評判も話してあげられるけど」

「…………」

「それとも、告白してフラれた回数とか、近くの定食屋さんにツケがいくらあるかとか、そちらのほうがききたいかしら？」

ワイングラスを持った麗亜が微笑《ほほえ》む。

「いかが？」

「いえ……。結構です」

ナプキンで、額の冷《ひ》や汗《あせ》をおさえる宮島。

「そう緊張《きんちょう》するな」

皿を空にした神宮寺がいう。

「で、どうして、おれたちにゲームをつくってほしいんだ?」

「ドキュメンタリー映画を撮《と》りたいんです」

熱い気持ちがこもった宮島のことば。

「ごぞんじかもしれませんが、M大学では、各種団体がゲームを発表するのが慣例になっています。例年、発表されたゲームを学祭参加者で楽しむという形だったのですが、今年は優勝作品を選び、賞金が出ることになりました」

「九十八万円ですね」

ジュリアスのことばに、宮島はうなずく。

「われわれ『M.U.C.』は、伝説のゲームクリエイター――栗井栄太にゲーム制作を依頼《いらい》し、そのようすをドキュメンタリー映画に撮ります」

「栗井栄太が、〝謎《なぞ》のゲームクリエイター〟ということは知ってるのか?」

柳川がきいた。

「もちろんです。映画の中では、栗井栄太の正体がわかるようなカットは撮りません。撮影《さつえい》したフィルムは、栗井栄太さんにすべてチェックしてもらいます。栗井栄太さんと関わるのは自分だけにして、『M.U.C.C.』内の人間にも、栗井栄太の正体がわからないようにします」

「それが賢《かしこ》いわね。わたしたちの正体をもらした者には、悲惨《ひさん》な運命が待ってると思ってね」

笑顔《えがお》でいう麗亜。宮島の体が、ビクッとふるえる。

ハンカチで汗《あせ》をふき、宮島が続ける。

「依頼料《いらいりょう》は、九十八万円——優勝賞金をすべてさしあげるというので、いかがでしょう?」

「おれたちがゲームをつくれば優勝するって考えてるのは、気に入った」

うれしそうな神宮寺。

「だが、賞金をぜんぶわたしたら、こまるんじゃねぇか? 映画撮《と》るのにも、金がいるだろ?」

「その点は、ご安心ください。完成したフィルムを『アマチュア映画フェスティバル』のドキュメンタリー映画部門に出品します」

「最優秀賞《さいゆうしゅうしょう》は、賞金百万円とメジャーデビューのチャンスがあたえられます」

検索《けんさく》して調べたジュリアスがいう。

宮島が、神宮寺を見る。

「どうでしょう? 引き受けていただけますか?」

「あせるな」

神宮寺が、肉にフォークをつき立てる。

「食事が終わるまでに、結論を出す。今は、食べることに集中しろ」

そして、次から次へと皿を空にしていく。しばらく無言で食べ続け、すこし空腹が満たされてきて、ようやく一息つく。

ワイングラスを一気に干して、柳川を見る。

「まずは、現役《げんえき》大学生にきこうか。この依頼《いらい》、ウイロウはどうしたい？」

「興味ない」

そっけない返事。

「ウイロウの大学も学祭ってあるんでしょ？」

麗亜にきかれても、

「そういや、行ったことないな。学生のお祭りさわぎにつきあうほど、ひまじゃないしな」

答え終わると、「もう話しかけるな」というように、ナイフとフォークを動かす。

うなずきながらきいていた神宮寺が、左手の指を一本のばす。

「反対票、一票。——姫は？」

「やるしかないでしょ！」

勢いよく答え、遠い目をする。

「なつかしいわね、大学時代。ほんとうに楽しかったわ。この依頼《いらい》を受けたら、あのころにもどれるような気がするの」

うっとりした姫の口調。

ジュリアスが口をはさむ。

「そんな何十年も昔のこと、よく覚えてるね」

次の瞬間《しゅんかん》、銀色の光がジュリアスの頰《ほお》をかすめる。麗亜がフォークを投げたのだ。

「あら、手がすべったわ」

「………」

麗亜が左のてのひらを上にむける。すかさず、ウエイターが新しいフォークをのせる。

ジュリアスは、なにもいえない。

神宮寺が、右手の指を一本のばす。

「姫は、賛成っと——。これで、一対一。次は、ジュリアス。おまえは？」

「今の栗井栄太は、仕事を選べる状況《じょうきょう》じゃない。だから引き受けなきゃいけないんだけど……。

なんだか、嫌《いや》な予感がするんだ」

ジュリアスの返事に、神宮寺はチッチッチと指をふる。

「ダメだぜ、ジュリアス。いつも冷静なおまえが、感情に支配されたことばを使っちゃ」

そういわれても、自分が感じているなんともいえないドキドキする感じを〝嫌な予感〟としかいえないジュリアスだった。

神宮寺が、楽しそうにいう。

「今のところ、賛成が一、反対が一、保留が一。つまり、おれの意見で、引き受けるかどうかが決まるわけだ」

それをきいた麗亜、柳川、ジュリアスは、同じことを思う。

――いや、自分たちがどれだけ反対しても、「おれはリーダーだ!」の一言で強行するくせに……。

宮島を見る神宮寺。

「今から、いくつか質問する。その答えで、おれは意見を決める」

口調はやわらかいが、神宮寺の目はするどい。

「護堂《ごどう》ってのは、何者だ?」

「さぁ?」

宮島の返事に、神宮寺の力がぬける。

「〝さぁ?〟って……。ずいぶん軽い返事だな。今年の学祭に、護堂が来るかもしれないんだろ?」

神宮寺にいわれて、宮島はおどろく。

「そうなんですか！　それで、みょうに落ちつかない奴《やつ》らがおおいのか」

「二つ目の質問。護堂について、知ってることをすべて話せ」

「すべてっていわれても……」

とまどう宮島。

「おれが知ってるのは、『護堂が来てくれたら、なにかをリセットしてくれる』という都市伝説のようなうわさだけです。あと、護堂を呼ぶには五芒星《ごぼうせい》を描《か》かなきゃいけないとか——。ほんとうに、学祭に来るんですか？」

逆に質問され、神宮寺は肩《かた》をすくめる。

「宮島くんの友だちで、護堂について知ってる者は？」

「みんな、おれと同じレベルだと思います。ただ、リセットに期待してる者はいますね」

「きみは？」

首を横にふる宮島。

「なにも期待してませんよ。そんなわけのわかんねぇ奴がリセットしてくれるっていっても、信用できません。なんか、カルト宗教みたいな感じしません？　それに、リセットするっていっても、なにをリセットするかもわからないんだし」

神宮寺が、宮島のことばにうなずく。

宮島が続ける。

「学祭にむけて、いろんな団体が準備を始めてるんですが、なんだか今年は雰囲気《ふんいき》がちがうのを感じてました。護堂のことを知って、ワクワクしてるんだ……。でも、栗井栄太のみなさんは、どうして護堂のことを知ってるんです？」

そうきかれて、神宮寺はめんどうくさそうに頬《ほお》をかく。そして、ジュリアスのほうを見る。

ジュリアスが、しかたないなというようにタブレットを操作する。

「宮島さんのデータを集める過程で、ぐうぜん、護堂のうわさをききました」

そして、四十九年前に書かれた小説――『護堂を待ちながら』の話をする。

護堂が来るために、料理や酒、ゲームなどを用意すること。

護堂を呼ぶためには、召喚《しょうかん》の紋様《もんよう》――五芒星《ごぼうせい》を描《か》く必要がある。

護堂は、リセットしてくれる。ただ、なにをリセットするかはわからない。

これらの話を、宮島はだまってきいていた。話が終わると、ボソリとつぶやく。

「なるほど。一年生のときから、なんでMGCなんてやるのかふしぎだったんだけど、護堂を呼ぶためだったのか」

納得《なっとく》したようにうなずく宮島。

「さっき、リセットに期待してないっていったけど、それは護堂が実在するかどうかわからないからで……もし、ほんとうに護堂が来て、リセットしてくれるのなら……」

宮島の目が、トロンとしている。

「正直、リセットしてほしいかなって思います」

麗亜が、首をひねる。

「みょうなことというわね。さっき、期待してないっていわなかった?」

「なんでもいいんですよ」

それは、投げやりないい方ではない。いつも思っていることばが、自然に口から出た感じだ。

「リセットで現状が変わるのなら、歓迎《かんげい》する学生はおおいと思いますよ。いや……ほとんどの奴《やつ》らが、思ってるんじゃないかな」

「なるほどな」

神宮寺が、ナイフとフォークをおく。

「おもしろそうだ。おれたち栗井栄太は、ゲーム制作でM大学の学祭に関わらせていただこう」

「ありがとうございます!」

深々と頭を下げる宮島。

「ああ、一つきき忘れた」

神宮寺が、指を一本のばす。

「宮島くんたち以外で、ゲーム制作を外部に依頼《いらい》したサークルはあるのかい？」

「おれの知ってる範囲《はんい》では、文芸部が依頼したみたいです。あと、合唱部とサバ研も、依頼できるところを探してるってききました」

「サバ研？　──サバイバル研究会か？」

興味を持った柳川の目が、キラリと光る。

「いえ、サバの缶詰研究会《かんづめけんきゅうかい》です」

その返事に、光が消えた。

宮島が続ける。

「どこに依頼したかは知りませんが、あなたたち以上のクリエイターは存在しません。おれたちは、なんの心配もしてません」

「いい返事だ」

神宮寺がいう。

「ゲーム制作に関して、今後は、おれ──ナオに直接メールしてくれ。あと、ここの食事代はサービスだ」

「ありがとうございます」

麗亜が、口をはさむ。

「念押《ねんお》しするけど、栗井栄太の正体は極秘《ごくひ》だからね。もしバラしたら、悲惨《ひさん》な目にあうからね」

「だいじょうぶです」

自信たっぷりにいって、宮島が席を立つ。

神宮寺は、宮島が店を出たのを確認《かくにん》して、ジュリアスにいう。

「記録しといてくれ。『栗井栄太が四人組で、リーダーが〝ナオ〟』って情報が出たら、バラしたのは宮島《あいつ》だ」

神宮寺は、依頼人《いらいにん》ごとに名乗る名前を変えている。それによって、だれが栗井栄太の正体を明かしたかわかるようにしている。

「しかし、今までの依頼人は、みんな口の堅《かた》い奴《やつ》ばかりだな。だれも栗井栄太が四人組とかバラさないんだからな」

「………………」

ジュリアスは、反応しない。

彼《かれ》はわかっているのだ。おおくの人は、すでに栗井栄太の正体を知っていて、今さらバラす気にならないってことを──。

タブレットを操作するジュリアス。

「ちょっと調べてみたけど、サバ研が依頼《いらい》した相手はわからない。文芸部が依頼したのは、ぼくらがよく知ってる二人組だね」

「あいつらか――」

神宮寺がニヤリと笑う。

柳川の目に、光がもどる。

麗亜は、うれしそうにワイングラスを持ち上げた。

「ナイス、ナイスよ、神宮寺ちゃん！　また、あのキッズたちと遊べるのね」

一気にワインを飲み干す麗亜。

神宮寺が、柳川を見る。

「ウイロウ、この仕事を受けたことに関して文句は？」

「ない。栗井栄太の中で、リーダーの決断はぜったいだ」

満足そうにうなずく神宮寺。

柳川が、続ける。

「ただ、忘れるなよ、リーダー。ジュリアスが、『嫌《いや》な予感がする』っていったんだ。警戒《けいかい》はおこたるな」

これにも、神宮寺はうなずく。

麗亜が、柳川の肩《かた》をバンバンたたく。

「なに、心配してんのよ！　いつもどおりササッとゲームつくって、キッズたちに『ぎゃふん』といわせて、優勝賞金九十八万円もらうだけの話じゃないの！　な〜んにも心配することないじゃない！」

「……………」

ジュリアスが、不安に満ちた視線を神宮寺に送る。

──マズイよ……。姫、かなり酔《よ》ってる。店を破壊《はかい》する前に、帰ったほうがいいよ。

歌いだしそうな雰囲気《ふんいき》の麗亜。

「わたし、この仕事にはワクワク感しかないわ。まるで、学生時代にもどった気分よ。恋《こい》と文学にすべてをささげていた、あの時代に！」

立ち上がり、ミュージカルスターのようにクルクル回る。

ソムリエもウエイターも、止めることができない。他の客たちも、あっけに取られて見ている。

麗亜の動きを止めたのは、ジュリアスの一言。

「姫の学生時代って学生運動とかさかんなころで、文学どころじゃなかったんじゃないの？」

「……………」

「日本で学生運動がさかんだったころって、一九六〇年代か七〇年代だったっけ？　教科書の現代史のところに書いてあったように思うんだけど――」

「…………」

麗亜が、また回転を始める。クルクル回りながらジュリアスの背後に回ると、その首筋に手刀の一撃《いちげき》。

意識が断《た》ち切《き》られる瞬間《しゅんかん》、ジュリアスは考える。

――〝嫌《いや》な予感〟って、この一撃のことだったのかな……？

その答えを出す前に、彼《かれ》の意識はブラックアウト。

03　現地視察に行ったぼくらは、おそろしい出会いを三つ経験する。

ゲーム制作を受けた次の土曜日、ぼくと創也《そうや》はM大学に視察に行った。

いつもなら卓也《たくや》さんがダッジ・モナコ七四年型で送ってくれるんだけど、今日は卓也さんをふくめた三人で電車に乗る。

「どうして、卓也さんも電車に乗ってるんだ」

すこし離《はな》れた席にいる卓也さんを横目で見て、ぼくは小声できいた。

創也も小声で答える。

「この間、ファミレスで南野《みなみの》さんに会っただろ。あれをきいて、卓也さんも学問に目覚めたんだって。自分の保育に関する知識や技能をブラッシュアップしないといけないってね」

「…………」

「竜王《りゅうおう》グループに申請《しんせい》し、ぼくがM大学へ行くときは同行して勉強できるようになったんだ。幼児教育学の教授が、卓也さんに個別指導してくれるそうだ」

なるほど。

「でも、それだと卓也さんが勉強してる間、おまえのボディガードはどうなるんだ？」

「しばらくは、羽水《うすい》さんとのダブルチームになる予定だ。確認《かくにん》できないけど――」

羽水さんは、卓也さんと同じく創也のボディガード。でも、存在を完璧《かんぺき》に消して任務に当たるので、ぼくはまだ顔を見たことがない。

車内を見回す。それらしい人は見当たらない。でも、確実にいるんだろうな……。

創也にきく。

「気のせいかもしれないけど、最近、おまえの警護がゆるくなってないか？」

「きみがいるからね」

創也が、ぼくを指さす。

「竜王グループの上層部は、ちょっとした危険なら、内人《ないと》くんがなんとかしてくれると思ってるんだ」

まぁ、頼《たよ》りにしてくれてるのはうれしくもあるけど……。

「………」

「その場合、危険に巻きこまれるぼくの安全は、だれが守ってくれるんだ？」

この質問に、創也が車窓の景色に目をむける。流れる家並みや電柱といっしょに、ぼくの質問も流されてしまう。

ぼくらは、M大に近い私鉄の駅でおりた。いっしょにおりたのは、ほとんどが学生だった。

「土曜日なのに、大学あるのか?」

「中学校とちがうからね」

ぼくの質問に、大学についてはなんでもきいてくれって感じで、創也が答える。

学生たちは、みんな慣れた足取りで大学にむかう。なにも考えず、ぼくらは彼《かれ》らの後をついていく。

片側二車線の道路。

歩道沿いには、定食屋やコインランドリー、喫茶店《きっさてん》などがならんでいる。学生街って、こんな感じの街をいうんだろうか。

まず見えてきたのは、医学部の建物。病院と医学部棟《いがくぶとう》。広い駐車場《ちゅうしゃじょう》は、病院を利用する人の車であふれている。

医学部の建物を見ながらM大学の正門へ。

正門のわきには、警備員室があった。『構内にご用の方は、こちらまで』というプレートが立っている。

創也は、そのまま正門の前を通り過ぎる。

「おい、いいのか？　大学に用がある人は、警備員に声をかけないといけないんだろ？」

「そんなめんどうなことをしてる時間が、もったいない」

ぼくら以外にも、正門を通り過ぎる学生がいる。

しばらくフェンス沿《ぞ》いに歩くと、一か所、フェンスが途切《とぎ》れている場所があった。幅《はば》にして一メートルぐらい。正門を通り過ぎた学生たちは、そこから中に入っていく。

「ここから入ると、農学部の校舎が近いんだ。正門から入るより便利なので、農学部の学生は、みんなここを通り道にしてるよ」

なるほど。

「でも、なんでおまえが知ってるんだ」

「この数年、大学祭に通ってるからね。こんな感じの入り口は、ぜんぶで六か所ある。他にも、いろんなぬけ道を知ってるよ。案内は、任せてくれ」

小鼻をふくらませる創也。

しかし、創也が基本的に方向音痴《ほうこうおんち》で、空間認識能力《くうかんにんしきのうりょく》に欠けていることを、ぼくはよく知っている。

「キャンパスマップみたいな案内図はないのか？」

「…………」

創也が、なんともいえない表情で、大学のホームページからプリントアウトした『M大学イラストキャンパスマップ』をわたしてくれた。

教育学部棟《きょういくがくぶとう》で幼児教育学の講義を受ける卓也さんとは、ここで別れる。羽水さんが、ぼくらをどこかで見てるはずだけど、わからない。

ぼくらは、芝生《しばふ》と雑草にはさまれた小道を進む。

古い煉瓦《れんが》の建物もあるかと思えば、建ったばかりの新しい建物もある。壁《かべ》には、ところどころ落書きがしてある。いろんな落書きがあるけど、☆の落書きがおおくて、クリスマスを思わせる。

あと、ぼろぼろのビニールハウスのようなものも立っている。他にも、なにに使うのか想像できないブロック製の小屋や、太いパイプでおおわれた謎《なぞ》の施設《しせつ》もある。

そして、芝生の上には、うす汚《よご》れた白衣を着た学生が寝転《ねころ》んでいる。……死んではいないと思う。

「なんか……すごいな」

異世界の迷宮《めいきゅう》に入りこんだ気分。創也がいってたけど、中学校とはぜんぜんちがう。

――ぼくも大学に行ったら、この世界の登場人物になるのか。

これまで、大学のことなんて考えたこともなかった。だけど、大学生になるのもおもしろいんじゃないかと思えてきた。

創也は、ときどき立ち止まり、スマホのカメラで建物や小道を撮《と》っている。

「とりあえず、構内を歩こう」

ぼくに、もう一台のスマホをわたす創也。

「なんでもいいから、内人くんの心が動いたものを見つけたら、撮ってくれたまえ」

「了解《りょうかい》した」

ぼくは、敬礼を返す。

小道が太い道に合流する。ぼくらは、大学の内部に入っていく。

土曜日だけど、かなりの数の学生がいる。大学って、土曜日も平日も関係ないのかな……。

歩きながらキャンパスマップを見ると、ぼくらがむかう先に一般教養棟《いっぱんきょうようとう》という建物がある。

「なんだ、一般教養棟って？」

「『一般教養』の授業が行われる校舎だよ」

「……？（説明になってないぞ）」

首をひねってるぼくを、創也が「そんなことも知らないのかね？」というバカにした目で見る。

「内人くん、以前『大学について、映画やドラマに出てくるのを見てるからくわしい』って、いってなかったかい？」

たしかにいった覚えがある。でも、ぼくが見た範囲《はんい》の映画やドラマには、〝一般教養棟《いっぱんきょうようとう》〟って出てこなかったような気がする。

「大学は、授業に出て〝単位〟を取らないと進級や卒業ができないってことは知ってるかい？」

「ポイントをゲットしていくシステムだろ。知ってるよ」

ぼくの返事に、微妙《びみょう》な顔でうなずく創也。

「しかし、好きな授業だけを選んで単位を取ればいいってわけではない。大学の授業には、『一般教養』と『専門』の科目があって、それぞれに決められた数の単位を取らないといけないんだ」

「…………」

ぼくの頭は、〝むずかしい授業をきいているモード〟に突入《とつにゅう》。

「たとえば、内人くんが工学部の学生だったとする。『専門』は、工学部の学生として専門的に勉強する授業になる。それに対して『一般教養』は、すべての学生が受けることのできる授業のことだ」

「ふむふむ」

「一年生のうちは、あまり『専門』の授業はないんだ。だから、早いうちに『一般教養』の単位を取って、学年が進むにつれて増える『専門』の授業に集中したほうがいいね」

「なるほど」

「卒業まぎわまで『一般教養《いっぱんきょうよう》』の単位を残していて、四年生になっても一年生に交じって授業を受けていた物書きを、ぼくは知ってるよ」

「それは……悲惨《ひさん》だね」

ぼくの頬《ほお》を冷たい汗《あせ》が流れる。

一般教養棟《いっぱんきょうようとう》をながめるぼくら。

そのとき――。

「動くな！」

背後からするどい声をかけられた。声の主はだれかわからない。でも、圧倒的《あっとうてき》な戦闘力《せんとうりょく》の差を感じる。

ヒグマに、首筋に息を吹《ふ》きかけられたような気分だ。

――油断した！

ここが山なら、こんな危険な奴《やつ》に背後を取られたりしない。

でも、ここはM大学のキャンパス。まさか、ヒグマに襲《おそ》われるなんて考えもしてなかった。

――ふたりそろって逃《に》げるのは無理。創也が逃げる時間をつくるために、ヒグマを足止めするのは可能！

一瞬《いっしゅん》で判断したぼくは、左手で創也の背中を押《お》す。

「逃《に》げろ、創也！」

そして、背後のヒグマの足をふもうと、右足をあげる。ねらいをさだめ、思いっきりふみつけてやろうとしたとき――。

――あれ？　黒の厚底ブーツ？　女性？

目に入ったのは、ヒグマの足ではなく、女性もののブーツだった。……まぁ、ヒグマじゃないのは、あたりまえか。

ゆっくりふりかえると、女子大生が立っている。

「ひどいですね、内藤《ないとう》くん。わたしの足をふみつけるつもりだったでしょ？」

「えーっと……」

ぼくの頭の中で、『？』が乾燥機《かんそうき》の中の洗濯物《せんたくもの》のようにグルグル回る。

――だれだ、この人？　どうして、ぼくの名前を知ってるんだ？

じっくり見ても、だれだかわからない。はっきりしてるのは、美人ってこと。

黒のトレーナーに、ベルト付きチェックのスカート。身長は一五〇センチをすこし超《こ》えるぐらい。ショートカットに、大きな目。……目？

この目には、見覚えがある。

記憶《きおく》の引きだしを、次から次へとあける。そして、『思い出したくない記憶引きだし』の奥深《おくふか》くで見つけた！

「あの……梨田《なしだ》先生ですか？」

「そうですよ」

フフッと笑う梨田先生。

梨田先生は、ぼくらの中学校に教育実習に来てくれた大学生（あともうひとり、いっしょに来た実習生がいたんだけど、それは、鍵《かぎ》をかけた『もっと思い出したくない記憶引きだし』にしまってある）。

どうして梨田先生の記憶を思い出したくないかというと、ぼくと創也は、彼女《かのじょ》に殺されかけたことがあるから。

なぜ、そんな事態になったのか？

かんたんに書くと、梨田先生は、ゲームをつくる人間が殺したくなるほど嫌《きら》いなのだ。まぁ、それだけで命をねらわれちゃたまらないけどね。

そして、先生は、見た目のわりに運動能力がすさまじくよく、ぼくらが生き残ってるのはほんとうに運がいいことだと思う。

だけど、今の先生はすこし元気がない。なんだか弱ってる感じ。

「先生、だいじょうぶですか？　なんだか元気ないですよ」

ぼくの質問に、力なく微笑《ほほえ》む。

「平気、平気。それより、わたしは竜王くんのほうが心配ですね」

「え？」

先生の指さすほうでは、創也が地面に転がっている。手足がみょうな方向に曲がっているが、いったいなにがあったんだ？

あわてて抱《だ》きおこす。

「どうした、創也！」

「……とつぜん、後ろからなにかにつき飛ばされたみたいだ」

苦しい息の創也。

すべてを理解したぼくは、深呼吸してからいった。

「犯人はヒグマだ。暴れヒグマが、すごい勢いで、おまえをつき飛ばしていった」

「ほぉ……。ヒグマね……」

創也の目が、殺気を帯びる。

「そんないいわけが通用するわけないだろ！」

なぐりかかってくる創也。うん、これぐらい動けたら、どこも怪我《けが》してないだろう。

――しかし、羽水さんはなにをしてるんだろう？　創也に危険が起きても、助けてくれないのかな？

そんなことを考えながら、創也と見苦しい取っ組み合い。

止めてくれたのは、梨田先生だ。

「はいはい、暴れないでね。学生たちがビックリしてるから――」

梨田先生は、ぼくらの後ろえりをつかみ、左右に引きはがす。小柄《こがら》な体のどこに、こんなパワーが秘められてるんだ？

「ふたりともお腹《なか》すいてるから、気が立ってるんでしょ。いいところへ連れていってあげます」

そういってフラフラと歩き出す梨田先生。

ぼくらは、おとなしく後につく。

歩きながら、先生にきく。

「なんだかフラついてませんか⁇」

「心配しないでくださいね。ちょっと食費がたりなくなって、この数日、ご飯を食べてないだけだから」

ぼくらのほうにふりかえり、右手をひらひらふる先生。

「食費がたりないって……どうしてです？」

創也がきいた。

「大学生には、いろいろあるんです」

ふりかえらず、先生が答えた。

ぼくと創也は、顔を見合わせる。

――きっと、ものすごく下らないことに、お金を使ったんだろうな。

根拠《こんきょ》はないけど、そう思った。

しばらく歩くと、大きな体育館が見えてきた。近くに、弓道場《きゅうどうじょう》と柔道場《じゅうどうじょう》と空手の道場も建っている。

しかし、それらが視界に入ったのは一瞬《いっしゅん》。

ぼくの目は、『サンドイッチカフェテリア』の建物に釘《くぎ》づけになる。コンビニエンスストアのような外観と、『土日は半額！』ののぼり。

「創也！」

ぼくの興奮した声におどろく創也。

「なんで、大学に『サンドイッチカフェテリア』があるんだ？　しかも、土日は半額！　ここは天国か！」

「落ちつきたまえ、内人くん。大学に、コンビニや民間のレストランが入ってるのはめずらしいことじゃないから」

そんな創也の声は入ってこない。

ぼくは『サンドイッチカフェテリア』を見ながら、拳《こぶし》をにぎる。

創也が、ぼくの肩《かた》をポンポンとたたく。

「こんなこと、万が一もないと思うけど、まさか内人くんはサンドイッチカフェテリアがあるから大学進学しようと考えたんじゃないだろうね？」

「ふっ……。それほど単細胞《たんさいぼう》じゃないよ」

そう答えて、ぼくは額の汗《あせ》をふく。

「でも、おしゃれな店だよね。梨田先生がすすめるだけのことはある」

創也の背中を押《お》すようにして、サンドイッチカフェテリアに入ろうとしたら、梨田先生に止められた。

「どこへ行くんです？」

——えっ？　ここで食べるんじゃないの？

先生は、ぼくらふたりを、サンドイッチカフェテリア横にある給水器のところへ連れていく。

小型冷蔵庫ぐらいの大きさの給水器。足下《あしもと》のペダルをふむと、上の飲み口から水が噴《ふ》きだすしくみのやつだ。

「さぁ、好きなだけ飲んでね」

「…………」

ぼくらが動かないのを見て、梨田先生が先に給水器にむかう。

ごくごくと飲みはじめる梨田先生。気のせいか、肌《はだ》つやがよくなっていくように見えた。

三分ほど飲み終えて満足すると、

「さぁ、どうぞ」

笑顔《えがお》で給水器を示す。

「…………」

ぼくと創也は、すこしだけ水を飲む。

その後、サンドイッチカフェテリアの建物に入ることなく、体育館わきのベンチに座《すわ》る。

すっかり元気になった梨田先生が、口をひらく。

「それで、竜王くんと内藤くんは、大学になにしに来たんですか？　まだ中学生でしょ？　キャンパス見学には早いと思うんですが？」

ぼくらは返事にこまる。

「こんど、ＭＧＣに出品するゲームを制作することになったんです。それで、大学がどんなところか現地視察に来たんです」

――なんて答えたら、ぼくらの命はない！

先生は、ゲームをつくる人間を憎《にく》んでいる。それはもう、真剣《しんけん》に命をうばおうとするレベルだ。そんな先生に正直に答えたらどうなるか……。

なんだか、急に気温が下がってきたような気がする。

創也が、眼鏡の位置を指で直す。

「自由研究です。現代の大学生がかかえる諸問題について、レポートを書こうと思いまして――」

こういうとき、賢《かしこ》そうな顔をしてる奴《やつ》は得だ。適当なことをいっても、それらしくきこえる。

「それはたいへんですね。がんばってください」

そういう梨田先生に、ぼくは、ずっと気になっていることをきく。

「梨田先生って、M大学の学生だったんですか？」

「そうですよ。文学部の三年生です」

「ぼくらの学校に教育実習に来たってことは、教職の勉強もしてるんですよね？」

「まぁ、そうですね。大学生には、いろいろあるんですよ」

微笑《ほほえ》む梨田先生は、なんだかふつうの大学生に見える。

「でも、たいへんですね。土曜日も勉強に来るなんて――」

「いえいえ。わたし、土曜日は講義を入れてません。大学に来たのは、知り合いを見つけてなにか食べさせてもらおうと思ったんです」

「………」

ぼくは、先生に見えないよう、ソッと涙《なみだ》をふく。

創也が、目できいてくる。

――梨田先生に、優勝賞金九十八万円の仕事があるって教えなくていいかな？

ぼくも、目で答える。

――先生に、『ゲームつくりませんか？』っていうのか？　それって相手に日本刀持たせて、『斬《き》ってくれ！』っていうようなもんだぞ！

梨田先生は、ゲームをつくる人間を憎《にく》んでいるが、ゲームづくりの才能に満ちあふれている。

先生がゲームをつくったら、優勝も夢じゃない。

「ああ、どこかに日給百万円みたいなバイト、ありませんかね……」

梨田先生が、スマホを出して、検索《けんさく》アプリを起動させている。その指が『y』『a』『m』『i』と打っていく。

――yami……？　yamiバイト？

「闇《やみ》バイト、ダメ、ゼッタイ！」

ぼくは、先生からスマホを取りあげる。

「優勝賞金九十八万円の仕事があります！　先生なら、優勝できます！　だから、闇バイトに手を出しちゃダメです！」

そして、ＭＧＣのことをペラペラと話していた。創也が、ぼくの服を引っぱって止めようとしたんだけど、気づかなかった。

冷静になったのは、先生の目つきが変わり、その口から、

「ゲーム……」

ということばが漏《も》れたときだった。

命の危険を感じたぼくと創也は、距離《きょり》を取る。

ぼくからスマホを取り返し、ベンチからユラリと立ち上がる梨田先生。

「それでは、ごきげんよう――」

去っていく背中を見て、ぼくらは、とりあえず命があったことをよろこぶ。

創也にいう。

「梨田先生、ゲームつくる気だな……」

「ああ」

先生の才能なら、優勝をねらえる。つまり、ぼくらのライバルが誕生したというわけだ。

「燃えてきたな」

「まぁ、ぼくらはぼくらのゲームをつくるだけだよ」

クールに答える創也。しかし、その右手がかたくにぎられているのを、ぼくは見逃《みのが》さない。

サンドイッチカフェテリアの建物を、指で示す。

「というわけで、サンドイッチでも食べながら作戦会議をしないか？」

うなずく創也。

カフェテリアの席は、半分ほどうまっていた。

「なぁ、創也はなに食べる？　飲み物は、コーラにしようかな」

壁《かべ》のメニューを見ながら、ワクワクするぼく。

「ファストフード店は、きみのホームグラウンドじゃないか。落ちつきたまえ」

創也のあきれた声に、

「大学内にあるファストフード店に入るのは、初めてなんだよ」

論理的に反論する。

「…………」

ぼくの完璧《かんぺき》な論理に、なにもいえなくなる創也。

――ふっ、勝った！

気分がよくなったところで注文しようとしたとき、その気持ちが吹き飛《ふと》ぶような声がした。

「は～い、キッズたち！　おひさしぶりね」

声のするほうを見ると、四人掛《が》けテーブルに座《すわ》っている男女四人組――栗井栄太《くりいえいた》ご一行さまだ。

「………」

ぼくと創也は、きれいに回れ右をすると、ドアにむかう。

「帰るのか？」

信じられないようなスピードでやってきて、ドアの前で通せんぼをする男性――柳川《やながわ》さんだ。

……ぼくらに、逃《に》げ道《みち》はない。

コーラといすを持ち、栗井栄太ご一行さまのテーブルにつく。

「よぉ！」

神宮寺《じんぐうじ》さんが、片手をあげる。

ジュリアスは、軽く頭を下げる。

麗亜《れいあ》さんは、投げキッス。かろうじてよける。近すぎて、創也は被弾《ひだん》。

いすに座って、創也がきく。

「みなさん、なにをしにM大学へ？」

「同じ質問を、返すぜ」

神宮寺さんが、楽しそうにいう。

「ぼくらは——」

創也が、ぼくを見る。

「内人くんがM大学への進学を考えていて、キャンパス見学に来たんです」

この嘘《うそ》に、ぼくはまじめな顔でうなずく。

「ぐうぜんだな。うちのジュリアスも同じことを考えてて、キャンパス見学に来たんだよ」

神宮寺さんの横で、ジュリアスが神妙《しんみょう》な顔でうなずく。

笑いあう創也と神宮寺さん。

すぐに笑顔《えがお》を引っこめ、神宮寺さんがいう。

「しらばっくれるのは、時間のむだだ。文芸部にゲーム制作を頼《たの》まれて、その下見に来たんだろ？」

「そこまでわかってるのなら、きかなくてもいいじゃないですか」

「ああ、おれたちはいろいろわかってる。逆に、おまえらは知らないことがおおいだろうから、教えてやろうと思ってな。さぁ、なんでもきいてくれ」

両手を広げる神宮寺さん。

警戒《けいかい》している創也に代わり、ぼくが口をひらく。

「神宮寺さんたちは、どこの依頼《いらい》を受けてるんですか?」

「映画研究会『M.U.C.C.』だ。ちなみに、報酬《ほうしゅう》は九十八万——最初っから、おれたちが優勝するって前提で、依頼してきたぜ」

すこし得意そうに神宮寺さんが答えた。

「他に、ゲーム制作を外部に依頼してるサークルはあるんですか?」

「おれたちの調査だと、サバ研が、頼《たの》めるところを探してるそうだ。まぁ、これから先も出てくるだろうな」

「サバ研って——サバイバル研究会ですか?」

ぼくがきくと、神宮寺さんは微妙《びみょう》な顔をして答えてくれなかった。

創也が、口をひらく。

「どうしてM大学の学祭では、MGCのような企画《きかく》があるんです? 他にやってる大学をきいたことがありません。もっとも、こんな質問を神宮寺さんたちにしてもしかたないかもしれませんが——」

「栗井栄太の調査力を、なめんなよ」

神宮寺さんが、指を鳴らす。

タブレットを出し、データを読みはじめるジュリアス。

「発端《ほったん》は、四十九年前になります。M大学の文芸部誌に、『護堂《ごどう》を待《ま》ちながら』という短編小説がのりました。作者は厄子《YAKUSI》——」

それをききながら、ぼくはふしぎだった。

——文芸部誌にのった小説がはじまりだったとすると、そのことを文芸部部長の南野《みなみの》さんは知ってたのだろうか？　知ってたのなら、どうして教えてくれなかったのか……？

ジュリアスが、ぼくにきく。

「内藤さん、M大学に来て、五芒星《ごぼうせい》が描《か》かれてるのを見ませんでしたか？」

「いや……見てないな」

ぼくは、即座《そくざ》に答える。

創也が耳打ちしてくる。

——きみは、『五芒星』って、どんな形してるのか知ってるのかい？

——ゴボウみたいに細長い形じゃないのか？

——……。

だまって、ぼくのてのひらに、一筆書きの『☆』を描いてくれた。

ぼくは、一つ咳払《せきばら》いしてからジュリアスにいう。

「訂正《ていせい》する。いくつか見た」

――あれ、クリスマスが楽しみっていう落書きじゃなかったのか……。

ジュリアスが続ける。

「つまり、リセットを期待してる学生がいるってことです」

「でもさ、リセットって、なにをリセットしてくれるんだ？」

この質問に、沈黙《ちんもく》するジュリアス。

――ジュリアス。わからないときは、素直《すなお》に「わからない」っていえるようになれよ。でないと、ぼくのとなりに座《すわ》ってる〝猪突猛進《ちょとつもうしん》の大馬鹿野郎《おおばかやろう》〟みたいになるぞ。

その猪突猛進野郎が、指を一本のばす。

「ぼくからも一つ質問させてください。どうして、ここまで情報をくれるんです？」

「勝負はフェアにやりたいじゃねぇか」

不敵に笑う神宮寺さん。

「『優勝したほうの勝ち』ってルールでどうだ？」

「いいでしょう」

創也もうなずく。

一瞬《いっしゅん》で、話がまとまったようだ。ということは、もう、これ以上この場にいる必要はない。っていうか、いたら危険だ。

柳川さんが、ぼくを見る。それは、教育実習生モードではなく、戦闘《せんとう》モードに入った肉食獣《にくしょくじゅう》が獲物《えもの》を見る目。

「それじゃあ、もう一つの勝負をしようか。となりに、空手部の道場があるから、そこを借りよう」

テーブルに両手をついて立ち上がろうとする。

それと同時に、ぼくも行動を起こす。

「柳川さん、ぼくらのコップ、まだ口をつけてません。よければ飲んでください！」

ぼくは、テーブルについた柳川さんの両手の甲《こう》に、コーラの入ったコップをのせる。

柳川さんの動きが止まる。へたに動けば、手の甲にのったコップがたおれるからだ。

「では、失礼します！」

創也の首根っこをつかむようにして、逃《に》げる。

背後からきこえてくるのは、麗亜さんの声。

「どうしたの、ウイロウ？　動いてごらん」

チラリと後ろを見る。麗亜さんが、柳川さんを助けるでもなく、そのまわりで踊《おど》っている。

助かった……。

サンドイッチカフェテリアを走り出たぼくらは、陸上競技のグラウンドの横へ出る。芝生《しばふ》でかこまれた広いグラウンド。陸上競技部の人たちが数人、練習している。

ぼくらは、グラウンドわきの芝生に腰《こし》を下ろした。

「ああいうのを見ると、走りたくなってくるな」

トラックをランニングしてる部員を指さし、ぼくがいう。

「さっき、サンドイッチカフェテリアから走って逃《に》げてきただろ。まだ、走りたいのかい？」

創也の顔色が悪い。額には、脂汗《あぶらあせ》がうかんでいる。

「ほんのすこし走っただけで、三途《さんず》の川《かわ》をわたりそうになるなんて、おまえある意味すごいぞ。

——ちなみに、ほめてないからな」

そういうと、そっぽをむく創也。そのまま、ゴロンと横になる。ぼくも寝《ね》っ転《ころ》がる。

青い空を、ほわんとした雲が三つ、ゆっくり移動していく。

ぼくは、大きくのびをしながらいう。

「しかし、栗井栄太もゲーム制作の依頼《いらい》を受けてるとはな……」

「関係ないよ。ぼくらは、ぼくらのゲームをつくって優勝するだけだ。他にだれがゲームをつくろうが、知ったことではない」

おお、なんと自信にあふれた台詞《せりふ》だ。ただ、死にかけた状態でいってるのが、ざんねんだ。

ぼくは、釘《くぎ》をさしておく。

「油断するなよ。ライバルは、栗井栄太だけじゃないんだ。梨田先生がいることも忘れるな」

「……この状態で、同じ台詞をいうのはつかれるからパス」

体を休めてるのに、すこしも回復しない創也。

「おまえ、もうすこし運動しろよ。このままじゃ、二十歳《はたち》のころには、成人病の見本市みたいな体になってるぞ」

ぼくは上半身を起こし、トラックを走ってるひとりの陸上部員を指さす。

「ほら、あの女の人なんか、すごいスピードで走ってるぞ。おまえも、鍛《きた》えたらあんなふうに走れるかも——」

といいつつ、創也の場合は三百年ぐらい鍛えなけりゃいけないないなとも思った。

同時に、

——あれ？

走ってる陸上部員を見直す。ものすごいスピードだから陸上をやってる人だと思ったんだけど、着ているものがスポーツウエアじゃない。

薄手《うすで》のカーディガンに長いスカート。長いスカートが絡《から》みつく前に、高速で足を動かしている。

——それに、大学生じゃない。もっと若い……。高校生？　いや、中学生？

四百メートルトラックを、すこしもスピードを落とすことなく走り続ける。そして、コースを外れるとスピードを維持《いじ》したまま、ぼくらにむかって突進《とっしん》してくる。

ぶつかる寸前に急停止。突風《とっぷう》と砂ぼこりが、ぼくらを襲《おそ》う。

「内人くんと竜王くん、こんなところでなにしてるの？」

砂ぼこりのむこうから現れたのは、浦沢《うらさわ》ユラさんだった。

「ユラさん……」

どうしてここにいるんですか？　——ときこうとしたんだけど、

「ウラせんぱ～い！　おいてかないでくださいよぉ～！」

よたよたと走ってくる女の子の声が、邪魔《じゃま》をした。

ユラさんの「チッ！」という舌打ちと、「三万九千九百九十三回目……」ということばがきこえた。

中学三年生の浦沢ユラさんと、二年生の北条《ほうじょう》夏音《かのん》。ともに、ぼくらが『頭脳集団《ブランチ》』と呼ぶ組織に属している。

ユラさんには、今まで何度も命をねらわれたり助けられたりしている。そして、今さらながら気づいたんだけど、どうしてふつうの中学生のぼくがこんなにも命の危険を感じなければいけないのか――――！

チラリと、横を見る。すべて、創也《こいつ》のせいだ！

ユラさんが、風で乱れた髪《かみ》を手で整え、口をひらく。

「内人くんと竜王くん。改めてきくけど、こんなところでなにしてるの？」

これに答えるのは、創也。それはべつにかまわないんだけど、彼女《かのじょ》が、おまえの名前より先にぼくの名前をいってることに気づけよ！

「内人くんがM大学への進学を考えていて、キャンパス見学に来たんです」

「…………」

さっきと同じ嘘《うそ》に、「工夫《くふう》のない奴《やつ》め」と思いながら、ぼくは無言でうなずく。

ユラさんもうなずく。

「そうなの。だったら、わたしたちと同じね。――わたし、大学はM大へ行こうかなって思ってるの」

そのことばに、ぼくの心臓がはね上がる。

――サンドイッチカフェテリアにユラさん！　なにがなんでも、M大生にぼくはなる！

頭の中に、さまざまな映像がうかぶ。猛勉強《もうべんきょう》する自分。合格発表の掲示板《けいじばん》。一年先に入学していたユラさんとの再会。同じ講義を受けるぼくら……。

夏音の声がきこえる。

「先輩《せんぱい》と内藤さん、同じ大学に進学するんですね！　すてきです！」

この瞬間《しゅんかん》、なにかカチッと音がしたような気がした。

しばらくの沈黙《ちんもく》。

先に、創也が口をひらく。

「今の話、嘘《うそ》ですね？」

「ええ、そうよ。――あなたたちもね？」

また沈黙が続く。

「次の質問には、正直に答えてください」

創也が、人さし指をユラさんにむける。

「おふたりは、ゲーム制作の依頼《いらい》を受けていますか？　そして、『頭脳集団』は、M大学の学祭に絡《から》んでいますか？」

「…………」

「正直に答えるわ」

ユラさんが、指先を創也にむける。

「『答えたくない』――これが、正直な気持ち」

にっこり微笑《ほほえ》むユラさん。ぼくは、創也から借りていたスマホを出し、写真を撮《と》りまくる。

創也は、あっけに取られた顔。

「いえ……。正直に答えてほしかったのは、そういう意味じゃなくて……」

あたふたする創也。うん、なかなか見られない姿だ。これも、写真に撮っておく。

「じゃあね」

手をふって去っていくユラさんと夏音。

ユラさんが、ふりかえっていう。

「内人くん――。何年後か、ここで会えたらいいね」

ぼくは、ガクガクうなずく。


ユラさんたちが見えなくなったころ、創也が、ぼくにいう。

「さて――。現地調査を続けようか」

「えっ？　……ああ、そうだったな」

ユラさんの写真を大量に撮り（ついでに、あたふたする創也の写真も撮った）、大収穫《だいしゅうかく》の気分になったぼくは、なにをしにきたのかをすっかり忘れていた。

「もし、ユラさんがM大学に進学したら、きみもM大に行くのかい？」

「…………」

「どうした？」

創也の質問に、ぼくはゆっくり首をふる。

「ものすごくざんねんだけど……そんな未来はないよ」

ぼくの口調に、創也はだまりこむ。

ユラさんは、『頭脳集団』の上級幹部候補生。今までの彼女《かのじょ》の行動を見ていて、ふつうの大学生になるとは思えない。かなしいけど、それが現実だ。

ぼくがなにを考えてるのかわかったのだろう、創也が、ぼくの肩《かた》をポンとたたく。

「前にもいったけど、未来は不確定だ。どんな未来が来るのかは、だれにもわからない」

「…………」

「というわけで、ユラさんがふつうの大学生活を楽しむ未来も、きっとある。もちろん、内人くんがM大生になる未来も――」

とつぜん、創也がことばを切った。

「どうしたんだ？」

「いや……きみがM大生になる未来はないような気がして……」

「どういう意味だよ！」

「M大学の偏差値《へんさち》知ってるのかい？　きみの成績で、M大学に入るのは不可能——」

こんどは、ぼくが創也の肩《かた》に手をのせる。

「おまえ、未来は不確定だっていったな。だけど、これから起こる未来は確定してるぞ」

「どんな未来だい？」

「おまえが、ぼくになぐられるって未来だよ！」

……その後、みにくい取っ組み合いがくりひろげられ、ぼくと創也はろくに現地調査できなかった。

幕間《まくあい》　丘本千尋《おかもとちひろ》とオンライン会議

丘本千尋は、ワンルームマンションでオンライン会議の準備をしていた。

本来なら、Web《ウェブ》カメラをセットしたり自撮《じど》り用《よう》ライトで顔色をチェックしたりするのだが、これから始まる会議では必要なかった。

まず、遮光《しゃこう》カーテンを引き、外からの光が入らないようにする。明かりは、コンピュータのモニターから出る光だけ。

次に服装。いつもなら、落ちついた感じの服にするのだが、今日はルームウエアの上から配付されている黒いマントのようなものを羽織る。

そして、頭の上から黒い頭巾《ずきん》をかぶる。注意するのは、ピアスを引っかけないこと。

——お化粧《けしょう》も部屋の掃除《そうじ》もしなくていいから楽だけど、これじゃあ、だれがだれだかわからない。

今から始まるのは、大学祭実行委員会の会議。

選ばれた四十八人の実行委員が参加して、大学祭にむけての進捗状況《しんちょくじょうきょう》などを報告する会議。丘本は、『出前研究会《でまえけんきゅうかい》』の会長として参加する。

部屋を暗くしたり頭巾《ずきん》をかぶったりする決まりは、今年の春、オンライン会議をするようになってから——。

「直接会わないんだし、部屋を見られたりするのも嫌《いや》だし、頭巾やマントを着けるのはどうだろう？」

だれかの意見が、スッと通った。

丘本は、最初、大学祭実行委員会の会議が嫌《きら》いだった。めんどうくさい——それが、いちばんの理由だった。しかし、オンライン会議で頭巾やマントを着けるようになってからは、楽しめるようになった。

——すこしは、遊び心を持った学生もいるようね。

しかし、何度も会議を経験するうちに、〝遊び心〟以外の意味があるのではないかと思えてきた。

——部屋を暗くするのは、どこから参加してるのかわからなくするため……。頭巾は、だれが話しているのかわからなくするため……。ひょっとして、M大生以外の者も入っているのではないか？　いや、頭巾をかぶっているから、もののけが参加していても気づかれない。

ゾクリとする丘本。
そして、フッと笑う。
――それならそれで、おもしろい。
丘本は、コンピュータの前に座《すわ》る。そして、オンライン会議の画面に入らないよう起動させた、べつのノートパソコンを見る。
そのノートパソコンは、丘本がふだん持ちあるいているもの。昨年、次世代知能科学研究部に出入りして作成した人工知能――ERDが入れてある。
マントの下から手をのばし、片手でキーボードを操作する。
[今日の会議は、終了《しゅうりょう》までどれくらいかかる?]
[約二十分です]
ディスプレイに、ERDの答えが現れる。
人間との会話や大学の講義が退屈《たいくつ》になると、丘本はERDと会話をするのがくせになっている。
[早く終わらせて、図書館へ行きたいんだけど]
[だいじょうぶです。今日の会議は、あなたを退屈させないものになります]
ERDの答えを見て、丘本はすこしふしぎに思う。

――〝なるでしょう〟ではなく、〝なります〟と断言した。

[どうして、断言できるの?]

[………]

ERDが答えないとき、理由は二つ。わからないときと、答えたくないときだ。

――今は、どっち?

丘本が考えている間に、会議の時間になった。

コンピュータを操作し、オンライン会議への入室許可を求める。

六×八――四十八分割《ぶんかつ》されたモニターの画面に、丘本をふくめた四十八人の参加者がうつる。

かすかな光で、全員が黒の頭巾《ずきん》をかぶっているのがわかる。

会議が始まり、報告するそれぞれの長が報告を始める。

音声は、エフェクトがかかっていてすべての声が合成音のようにきこえる。

準備の進行状況《じょうきょう》、予算の不足、想定外のトラブル――さまざまな声が、丘本の右の耳から左の耳へぬけていく。

――やっぱり退屈《たいくつ》。もし、ERDが嘘《うそ》をいったのなら、システムを組み直そう。

そのとき、気になる発言があった。

「落書きが増えている」

ボソッとしたことば。

「なんの落書きかはいわなくてもわかると思うが、『五芒星《ごぼうせい》』だ」

会議の場が、ざわつく。

大学祭実行委員会のメンバーは、最初の会議で、『護堂《ごどう》を待《ま》ちながら』の話をきいている。そして護堂のリセットも、呼ぶためには五芒星を描《か》かなくてはいけないことも――。

他の者が発言する。

「五芒星が描かれるということは、護堂に来てほしい者がいるということだ。そして、その者たちはリセットを望んでいる」

「リセットの中身がわからないのに、それを望むというのが理解できない」

この発言に対して、

「なんでもいいんだよ」

投げやりな声がした。

それらの発言をききながら、丘本は考える。

――たしかに、リセットが起こったら、おもしろい。どんなリセットでもかまわない。この退《たい》屈《くつ》な日常が変わるのなら……。

同時に、まったく逆のことも考える。

——しかし、護堂にリセットされるのはおもしろくないな。どうせ変えるのなら、自分の手で変えなきゃつまらない。そう、自分の手で……。

ここまで考え、丘本は頭巾《ずきん》の下で苦笑《くしょう》する。

——わたしは、なにむだなことを考えてるんだ。だいたい、護堂なんか存在しない。存在しないものについて考えるのは、むだだ。まぁ、すこしは退屈《たいくつ》しのぎになったが。

そのとき、だれかが発言した。

「手紙が届いたことを報告する。差出人は『厄子《YAKUSI》』」

ざわざわしていた雰囲気《ふんいき》が、一瞬《いっしゅん》で静かになる。

『厄子』——『護堂を待ちながら』の作者。そのことを、会議の参加者は、全員知っている。

分割《ぶんかつ》された四十八の画面が切りかわり、手紙がうつる。

護堂にリセットしてほしかったら、五芒星《ごぼうせい》を描《か》け。

コピー用紙にプリントアウトされた、ゴシック体の文字。

心臓の鼓動《こどう》が激しくなる。

——なるほど。ＥＲＤが断言した理由がわかった。

会議は、沈黙《ちんもく》した。カット画面が元にもどっても、だれもなにも発言しない。

やがて、かすかなつぶやきが起こり、だんだん増えていく。

「厄子って、『護堂を待ちながら』の作者だろ……」

「『護堂を待ちながら』を書いたのが二十歳《はたち》だとして、それから四十九年――。かなりの年齢《ねんれい》になってるな」

「この作者、本気で護堂がリセットできるって思ってるんだな」

バカにしたような口調だが、その声がすこしふるえている。

「無視すればいい」

そんな発言もあったが、逆に全員から無視された。

「リセットについて考えたんだが――テロなんじゃないか？」

『テロ』ということばに、衝撃《しょうげき》が走る。

「考えすぎじゃないか？」

「いや、テロで破壊《はかい》することを〝リセット〟と表現したんじゃないか？」

「四十九年前――テロってことば、一般的《いっぱんてき》に知られてたか？」

「それをいうなら、リセットだって――」

「いや、リセットってことばは、もっと前から広まってたはずだ」

それぞれが勝手に話し出す。

「でも、もし、リセットがテロを意味するのなら……」

不安そうな声。

「テロ対策をしなきゃな」

「そういう問題じゃないだろ！　学祭には、一般客《いっぱんきゃく》も来るんだぞ。学生がやったテロ対策で、安全が保証できるのか？」

「まずは、警察――。いや、学祭の中止を考えたほうがいいのか？」

「テロの確証もない。リセットの中身もわからない。わからないことずくめで、警察に依頼《いらい》したりできるか？」

「それこそ、学祭中止なんて無理だ」

「でも、なにか起きたら……」

「………」

全員がだまりこむ。

今まで考えてもいなかった大学祭中止の可能性に、だれもなにもいえなくなったのだ。

無言の時間を止めたのは、次の発言だった。

「多数決を取ろう。もし中止にするのなら、これ以上会議をするのは時間のむだだ。『テロの可能性があるので、今年の大学祭は中止』——この告知をやって、実行委員会は解散」

「…………」

「もし続行するのなら、リセットはテロ行為《こうい》と定義し、警察に協力をあおぐ。そして、可能な限りのテロ対策を行う。とうぜん、学内に五芒星《ごぼうせい》を描《か》くのは厳禁。M大学の学祭は、護堂が来ないように全力をつくしリセットを起こさせないことをアピールする」

「…………」

「これらのことをよく考え、今から五分後に、中止か続行かの多数決を取ろう。——異論は？」

四十八分割《ぶんかつ》された画面の中で、おおくの黒い頭巾《ずきん》がうなずく。

そして五分後——。

反対の者は右手を、続行の者は左手をあげることになった。

コンピュータの中で、いっせいに手があがる。

それぞれが、モニターにうつった手を数える。

その結果、投票結果は、中止二十四、続行二十五。

続行に決定したが、丘本は違和感《いわかん》を覚える。それは、彼女《かのじょ》だけではない。

ざわざわした声が、コンピュータのスピーカーからこぼれる。

——どうして……？　会議の参加者は四十八人なのに……？

だれかの悲鳴のような声がした。

「四十九人いる……」

今まで、六×八の四十八分割《ぶんかつ》されていた画面が、いつの間にか七×七の四十九分割になっている。

――いつの間に……。

モニターにうつった四十九の黒頭巾《くろずきん》。だれがだれかもわからない。

丘本は、片手をのばしノートパソコンのキーボードを打つ。

[四十八の画面を四十九に変えることは、できる?]

[メインホストなら、可能]

[そのメインホストは、だれ?]

[………]

沈黙《ちんもく》するERD。

――これは、答えを知ってるけど、答えない雰囲気《ふんいき》。

丘本は、心臓がドキドキするのを感じる。

――おもしろくなってきた。さて、わたしはなにをしよう……。

さまざまな行動パターンが、頭の中をかけめぐる。

そんな中、

「これで、M大学祭実行委員会定例会議を終わります」

だれかの声で、モニターが真っ暗になった。

04　スーパーショットでは、ウルトラスーパーミラクルショットに勝てない。

最後のショット――。

人さし指ではじいた消しゴムは、机のはしからはみ出し、もうすこしで落ちるというところでギリギリ止まった。机のまわりを取りかこんでいた観客から、盛大《せいだい》な歓声《かんせい》が起こる。

創也《そうや》が、ぼくの肩《かた》を「おつかれさま」というように、ポンとたたいた。

これで、ぼくたちの勝利は、ほぼ決まったようなものだ。

「健一《けんいち》、どうする？　ここでギブアップしてもいいんだぜ」

対戦相手の健一にいう。

彼《かれ》は、ぼくのスーパーショットにおどろいて、声が出ない。

代わりに答えたのは、健一のペアの真田《さなだ》女史だ。

「まだ、勝負は終わってない」

そして、健一の背中をトンと押《お》した。

昼休み――。

ぼくらがやっているのは、「チキン・イレイザー」というゲームだ。

基本ルールはかんたん。消しゴムを机のはしから指ではじき、反対側のはしっこギリギリで止めたほうが勝ちというものだ。机のはしから消しゴムがはみ出すのはＯＫ。落ちたら、ミス。

相手の消しゴムに当てるのはＯＫだが、相手や自分の消しゴムを落としたらミス。

ルールはかんたんだが、高度な技術が必要とされる。

思いっきりはじいたら、消しゴムはかんたんに机から落ちてしまう。かといって、力を加減しすぎると、消しゴムはすべらない。

使う消しゴムは、ＭＯＮＯのＪＣＡ－０６１に統一されている。これを紙のケースから出し、指ではじく。

消しゴム本体をけずったりするのは禁止だが、テープを巻いたりホチキスの針を刺《さ》したりして、すべりをよくするのはＯＫだ。

二人組のチームで交互《こうご》に戦う。

今回の勝負は、ぼくと創也のチームと、健一と真田女史のチーム。チームのだれとだれが戦うかは、作戦次第《しだい》。

一回戦は、創也と真田女史の勝負。最初にはじいたのは創也。はしから五センチのところで止まる。次にはじいた真田女史は、勢いがよすぎたのだが、創也の消しゴムに当ててはしから一センチのところで止めた。結果、真田女史の勝ち。

二回戦は、ぼくと健一。ぼくがはじいた消しゴムは、はしから五ミリのところで止まる。連日、二時間練習しただけのことはある。次は健一。思いっきりはじいてるんだけど、はしから五センチのところで止まった。つまり、ぼくの圧勝！

これで、一勝一敗。

最後の勝負——。

ぼくらのチームは、相談した結果、ぼくが出ることになった。

相手チームは、当然、真田女史が出てくると思った。でも、出てきたのは健一。

——勝った！

べつに、健一のことをあなどっているわけではない。しかし、健一の指の力では、どうがんばっても机のはしから五センチの位置までしかはじけない。

ぼくの消しゴムは、すでに机のはしからはみ出し、ギリギリの位置で止まっている。あと一ミリ——いや、〇・五ミリでも進んだら落ちるだろう。

健一が、ぼくのスーパーショットを超《こ》える、ウルトラスーパーミラクルショットを打てるか？

いや、打てない！

　ぼくと創也が勝利を確信し、よろこびのダンスをがまんしていると、真田女史がいった。

「消しゴムの改良をしたいんだけど、一分二十四秒いただけるかしら？」

　ぼくは、よゆうを持ってうなずく。

　真田女史は、消しゴムを持つと、机との接地面になる面にホチキスの針を差しこむ。一本、二本……けっきょく、真田女史は十四本の針を差しこんだ。

　ぼくは、となりにいる創也にきく。

「どう思う？」

「針をうめて、摩擦係数《まさつけいすう》を減らす。これで、健一くんの力でも、机のはしギリギリまではじくことができる。真田女史のことだ――十四本差しこめば、健一くんが全力ではじいたときベストポジションで止まれると計算したんだろう」

　創也が、ぼくを見る。

「おそらく、内人《ないと》くんの消しゴムと同じ位置で止まるはずだ」

　――なんですと！

　机を取りかこんだ観客から、「健一コール」が起こる。

「健一！　健一！　健一！　――」

　健一は、その声に押《お》されるように、消しゴムを机においた。そして、慎重《しんちょう》にねらいをつけてはじく。

　ビシッ！

　消しゴムは、健一の魂《たましい》がのりうつったかのようにすべり、机のはしギリギリ――ぼくの消しゴムと同じ位置でピタリと止まった。

「おおー！」

　健一のウルトラスーパーミラクルショットに、観客からの大歓声《だいかんせい》！

「健一！　健一！　健一！」

　この大歓声をおさめたのは、創也だ。

のばした右手。指をパチンと鳴らす。

そして、静かになった観客にむかっていう。

「健一くんの最後のショットは、敵ながら、じつにすばらしいものだった。賞賛の拍手《はくしゅ》にあたいする」

拍手する創也。それにつられて、観客からもパラパラと拍手が起こる。

「しかし、まだ、彼《かれ》らの勝利が確定したわけではない。なぜなら、内人くんの消しゴムも、健一くんと同じ位置に止まっているからだ」

創也のことばに、計測員がササササと出てきて、メジャーで位置を測る。

「内人の消しゴム、机のはしからプラス二十一ミリ。健一の消しゴム、同じくプラス二十一ミリ！」

またまた起こる大歓声《だいかんせい》。

ぼくは、健一にむかって右手を差しだす。

「引き分けだな」

健一が、ぼくの右手を取ろうとしたとき、真田女史が健一の手を止めた。

「あと四十九秒待って。そうしたら、ちゃんと決着がつくから――」

彼女《かのじょ》のことばが終わると同時に、校内放送が入った。

「緊急《きんきゅう》ニュース速報です」

放送部の青山《あおやま》くんの声だ。

「疾風《はやて》のように現れて疾風のように去っていった転校生、加護妖《かごよう》さんがＭ大学の学園祭でライブを行います。みんな、もう一度、加護妖に会いたいかぁ〜！」

「いえー！」

またまたまた起こる大歓声。そして、教室の床《ゆか》をふみならす足ぶみ。

その振動《しんどう》が、机に伝わる。

ポロリと落ちたのは、ぼくの消しゴム。

計測員が片手をあげて宣言する。

「内人の消しゴムが落下したので、健一の勝利！」

ぼくは、ガックリと膝《ひざ》をつく。

――どうして……どうして、ぼくの消しゴムだけが落ちるんだ……？

この疑問に、創也が答えてくれた。

「真田女史が、十四本の針を差しこんだのは、すべりをよくするためだけじゃなかったんだよ」

「えっ？」

「消しゴムを重くして、落ちにくくする目的もあったんだ」

ぼくの消しゴムは、まったく改造していないノーマルのもの。それに対し、健一の消しゴムは針の重さが加わっている。

「ちなみに、ホチキスの針一本の重さは約二十ミリグラムだよ」

つまり、十四本のホチキスの針――二百八十ミリグラムが、勝敗を決めたわけだ。

理由がわかれば、負けたのにも納得《なっとく》できる。すがすがしい気分だ。

ぼくは立ち上がり、健一の手をとる。

「完敗だ。――おめでとう」

ぼくらをクラスメイトが取りかこむ。歴史に残る激闘《げきとう》をたたえる声。

そのもりあがりの中、だれかがいった。

「この勢いで、加護ちゃんのライブに行こうぜ！」

「おおー！」

ぼくは、創也を見る。

「これが、集団心理ってやつなのか？　そんなに関心のない奴《やつ》も、今は加護妖のライブに行く気になってるぞ」

まぁ、この〝ノリのよさ〟が、中学生の特権なんだろうけどね。

「………………」

創也は、答えない。なんだかボーッとしている。

「どうしたんだ？　チキン・イレイザーに負けたのが、そんなにショックなのか？」

「いや……」

創也の目は、にぎわっているクラスメイトにそそがれている。

「とても下らないことを考えていたんだ」

「下らないこと？　鯛《たい》焼《や》きを、頭としっぽの、どちらから食べるかって問題か？　ちなみに、ぼくはしっぽからだ」

創也が、深いため息をつく。

「今、鯛焼きのしっぽが持つ意味を教えてあげてもいいが……ぼくが考えてたのは、そんなことじゃない。きみは、このもりあがりをどう思う？」

「ノリのいい中学生らしくて、いいんじゃないか？」

ぼくが答えると、創也が軽くうなずく。

「最初、ぼくもそう思った。だけど、同時に違和感《いわかん》も覚えた」

「違和感？」

「内人くんは、こんなことを考えたことないか？　もし、平和主義者のチェスの駒《こま》がいたとしたら――？」

——はぁ？　平和主義者の駒？　……なんだ、それ？

首をひねるぼくにかまわず、創也が続ける。

「戦いたくなくても、チェスの駒は、チェスボードにならべられる。駒の意思は、無視される。プレイヤーの意思のみが、駒を動かす」

「………」

「下らない話だろ？」

……いや、ぼくは、創也がなにをいいたいのかわからない。

創也の肩《かた》を、ポンとたたく。

「つかれてるんだろ。ここんとこ、ＭＧＣのゲーム制作でいそがしいからな」

「………」

「早いところゲームを完成させ、休暇《きゅうか》を取ろう！　すこし休めば、心身ともにリフレッシュできるさ」

ぼくの提案に、創也が力なく微笑《ほほえ》む。

「そうだな……」

このとき、ぼくは考えがおよばなかった。

創也が考えていた、下らないこと……。

あいつは、こういいたかったんだ。

「内人くん。ぼくたちがゲームをつくっているのは、ぼくたちの意思かな？」

05　ゲームは完成した。あとは、ミンチをなくして天丼《てんどん》を食う！

大学祭の一週間前までに、ＭＧＣにゲームの出品票を提出しなければならない。

出品票には、どんなゲームをつくったのかをくわしく書くようになっている。

この出品票を元に書類審査《しょるいしんさ》が行われ、パスした五本のゲームだけが学祭初日にプレイされる。

そして、その中から、プレイヤーの評価が最も高いゲームが優勝となる。

優勝したゲームには、賞金と、学祭二日目にプレイしてもらえる栄誉《えいよ》があたえられる。

つまり、優勝するためには、書類審査で選ばれなければいけないわけだ。そのために、ちゃんと出品票を書かなければいけない。

ゲーム本体の準備ができていなくても、とりあえず出品票を書くことはできる。

ここで問題になるのは、出品票を書くのが、ぼくの仕事になっていることだ。

「そりゃ、『南北磁石《なんぼくじしゃく》』内での仕事はシナリオを書くことだから、出品票を書くのも仕事のうちだといわれたら、うなずくしかない。しかし、仕事には、向き不向きというものがある。ぼくには、出品票を書く仕事が向いているとは思えない」

このもってまわったいい方で、出品票を書きたくない気持ちがわかってもらえると思う。

ここで、咳払《せきばら》いを一つ入れる。

「そこでだな、おまえが出品票を書くのはどうだろう？」

「………」

創也《そうや》は、コンピュータのモニターを見たまま、ふりかえらずいう。

「今から、いくつか質問する。それに対する内人《ないと》くんの答えによっては、ぼくが代わりに出品票を書いてあげるよ」

おお！　創也にしては、なんてやさしいことばだ！　ぼくは、ワクワクして質問を待つ。

「第一問。ぼくは、今、なにをしているでしょう？」

「よくわかりません」

「答えは、最終的なプログラミング。きみが設定したシナリオにそって動作するように苦労している。あと、ＢＧＭや音声データの設定などのこまごました仕事だよ」

ふむふむ。

「第二問。次に、ぼくはなにをするでしょう？」

「よくわかりません」

「答えは、動作チェック。テスト用のデバイスで、デバッグをやるんだ。もしバグが見つかったら――というか、かならず見つかるだろうけど――その都度、修正する。効率よくテストできるよう、チェックリストもつくらなくてはならない」

……ふむふむ。

話している間も、創也の指はいそがしくキーボードの上を跳《は》ねまわっている。

「他にもこまごました仕事をあげれば、絶望的な気分になる。で、第三問。今、内人くんがかかえている仕事は？」

「…………」

「そうだなぁ。とりあえずは、借りたマンガを明日までに読むことかな？」

「あと、こんど、神社で銀玉鉄砲《ぎんだまでっぽう》の撃《う》ちあいするんだけど、愛銃《あいじゅう》の改造をしないとな」

「なるほど……」

ゾッとするほど冷たい「なるほど……」が、返ってきた。冷凍庫《れいとうこ》の中に手足をしばられて転がされているような気分だ。

見なくてもわかる。今、創也は、殺意のこもった目をしている。だれにむけての殺意かというと、このぼくだ。そして、へたに答えたら、命がなくなる場面だ。

創也がきく。

「最後の質問。出品票を書くのにふさわしい人間は、ぼくときみのどっちだ？」

「もちろん、ぼくさ！」

ぼくは、親指をグッとつき出し、元気よく答えた。出品票を書く苦労がなんだ！　命があるだけ、もうけもんだ！

というわけで、仕事に取りかかろう。

用意する物は、打ち合わせに使ったノート、ぼくが書いた脚本《きゃくほん》、ネットでダウンロードした出品票。そして、出品票を書きあげるんだという強い意志！

ぼくは文机《ふづくえ》の上に原稿用紙《げんこうようし》を広げる。

コンピュータ上で、直接出品票にデータを打ちこめば能率がいいのだが、ぼくはコンピュータを持ってない。以前、創也に一台借りたのだが、なぜか数時間で使用不能になってしまった。おそらく、キーボードに頬《ほお》をつけて昼寝《ひるね》してる間に、ハイホー小人がやってきてこわしたのだと思う。

それ以来、創也は貸してくれない。

というわけで、まずは手書き。あとは、創也が入力してくれるだろう（たぶん、してくれると思う。してくれるんじゃないかな……。まぁちょっと覚悟《かくご》はしておこう）。

ダウンロードした出品票を見ながら、原稿用紙にデータを書きこむ。

「まず、ゲーム名――『さんすくみ』っと。しかし、もっとイカした名前を思いつかなかったのがくやまれる。創也につけさせたのが、致命的《ちめいてき》なミスだったな」

「そういう内人くんは、なにも考えられなかったじゃないか。あと、〝イカす〟というのは死語だからね」

ぼくのつぶやきに、モニターを見たままの創也が反応する。

無視して、続きを書く。

「えーっと、ゲームの参加人数は、ふたり以上なら何人でも可。ゲーム内容は、っと――」

かんたんに書くと、スマホを使ったバトルゲーム……で、いいのかな？

バトルフィールドは、M大学内。GPS型ARを使用して、現実世界とゲーム内のバトルフィールドをリンクさせる。

まず、プレイヤーは、スマホに『ヘビ』『カエル』『ナメクジ』のどれかのアバターを入れる。

最初に持ってるポイントは『100』。

ここまで準備したら、ゲームスタート。スマホのカメラをむけると、現実の映像の中にヘビ、カエル、ナメクジのアバターが出現する。

たとえば、あなたがヘビのプレイヤーだったとする。

カエルのアバターを見つけたら、つかまえる。

つかまえる方法は、かんたん。映像の中に捕虫網《ほちゅうあみ》が出てくるから、それを指で操作し、つかまえるのだ。

このとき、ポイントが50のカエルをつかまえたら、あなたに50ポイント入る。２００ポイントのカエルなら、２００ポイント増える。

ナメクジのアバターを見つけたら、逃《に》げたほうがよい。ナメクジのアバターが大きくなり、画面いっぱいになったら、つかまったというわけだ。逃げるためには、リアルに走るしかない。つかまったら、あなたのポイントはすべてうばわれてしまう。

ヘビのアバターは仲間だ。利用してカエルをつかまえたり、ナメクジから逃げればいい。

つまり、ヘビはカエルに勝ち、カエルはナメクジに勝ち、ナメクジはヘビに勝つ——これが、『さんすくみ』の基本だ。

ここまでは、アバターを見つけたときの話。

次に、プレイヤー同士が会ったときの話をしよう。

相手が『さんすくみ』のプレイヤーかどうかは、スマホのカメラをむければわかる。相手の頭の上に『さんすくみプレイ中』の文字がうつるからだ。

カエルのプレイヤーを見つけたら、タッチすればいい。相手が持っているポイントは、すべて手に入れることができる。

相手がナメクジなら、走って逃《に》げる。

ここまでは、アバターを相手にするのと同じだ。

ちがうのは、カエルのプレイヤーならすべてつかまえたらいいかというと、そうではない。もし相手のプレイヤーが、あなたの二倍以上のポイントを持っていたら、逆にあなたがつかまえられポイントをうばわれる。

相手がナメクジのプレイヤーのときも、同じことがいえる。あなたのポイントが倍以上だったら、ナメクジのポイントをうばうことができる。

こまるのは、それぞれのアバターの持っているポイントがわからないということだ。

つかまえるか逃げるか――その判断がむずかしい。

ここまで書いたら、いきなり原稿用紙《げんこうようし》が宙にういた。創也が手をのばして取ったのだ。

「どうだ？　なかなかうまく書けてるだろ？」

「…………」

ぼくのことばに、創也はなにもいわない。ただ、その目が「なんて、わかりにくいんだ。内人くんに書かせたのは、ミスだったかもしれない」と語っている。

ふん！

けっきょく、出品票は創也がしあげてくれた。

感謝の気持ちをこめて、紅茶をいれたり肩《かた》をもんだりしてやったんだが、それらに対して創也は感謝の気持ちを示さなかった。

できあがった出品票を南野《みなみの》さんに送り、見てもらう。

「さすがですね」

このことばをもらったとき、ぼくは右手をあげて創也にいった。

「ヘイ！」

創也が、ぼくの右手に自分の右手をたたきつける。

ぱん！　——この音を、ずっと忘れることがないだろう。

あとは、『さんすくみ』本体を完成させるだけ。

ぼくらは、週末になるとM大学に出かけ、どこにどんなアバターを出すかを調整した。

最初のうちは、大学に勝手に入っていることにドキドキしてたんだけど、南野さんに、

「『文芸部に頼《たの》まれて、MGCのゲームをつくっています』っていったらだいじょうぶだから」

と教えてもらってから、気楽になった。

そして、ゲームづくりに関係なく、ぼくは大学に来ることが楽しかった。

とても広い敷地《しきち》、専門的に勉強するための施設《しせつ》、自由な雰囲気《ふんいき》——。そしてなにより、大学生

という存在が格好よく見えた（この話を南野さんにしたら、「大学生も、いろいろですよ」と、なんともいえない顔をした）。


というわけで、今日は『さんすくみ』のテストプレイの日。プレイヤーは、ぼくと創也。

「最初にいっておくが――」

創也が、きびしい目でぼくを見る。

「テストプレイだということを忘れないように。目的は、改良点やバグを見つけること。勝負に熱くなりすぎて、目的を忘れないように」

「わかってるよぉ～」

ぼくは、右手をひらひらふる。

「で、創也は、どのアバターを使うんだ？　おまえの性格だと『ヘビ』がピッタリするように思うんだけどな」

「答える必要はない」

そっけなくいう創也。

ぼくらは『さんすくみ』のアプリを入れたスマホを持ち、キャンパスに散る。ぼくは一般教《いっぱんきょう》養棟《ようとう》の前で待機。創也がどこに行ったのかは知らない。

さて――。

一般教養棟《いっぱんきょうようとう》の壁《かべ》にもたれ、アプリを起動させる。

起動画面は、ヘビとカエルとナメクジのかわいいイラストと、ポップな『Let's《レッツ》 enjoy《エンジョイ》 さんすくみ』の文字。はっきりいって、創也にデザインさせたのは失敗だったと思う。

プレイヤー登録をする。登録名は「NIGHT《ナイト》」。

さて、問題はアバターだ。

さっき、創也に「おまえの性格だと『ヘビ』がピッタリする」といった。これで、ぼくが〝創也はヘビを選ぶ〟と思っていると考えるはずだ。

そこから創也は、〝ぼくはヘビに勝てるナメクジを選ぶ〟と考える。つまり、創也はナメクジに勝つカエルを選ぶ――これが正解だ。

だからぼくは、カエルに勝つヘビを選ぶ。

ふふふふ……。すでに、心理戦は始まっているのだよ。

ぼくは、自信満々で、ヘビのアバターを選ぶ。

[NIGHT様の登録が完了《かんりょう》しました。100ポイントとキャッチネットをあたえます]

キャッチネットと格好よくいったつもりかもしれないけど、小学生が使うような捕虫網《はちゅうあみ》だ。

——まずは、ポイントを増やさないと。

ぼくは、カメラをまわりにむける。

カメラのフレームに、大学内の景色と、ところどころにいるアバターがうつる。

ぼくのアバターはヘビだから、カエルのアバターをつかまえればいい。カメラにうつってるカエルは、ほとんどが50ポイントの小さいもの。手っ取り早くポイントを増やすには200や500のポイントを背負ったカエルをつかまえたいんだけど、ぜいたくはいっていられない。

——質より量！

ぼくは、50や80のポイントを背負ったカエルにソッと近づき、距離《きょり》を測ってスマホをふる。

距離が遠いとスマホに表示されるキャッチネットは届かないのでつかまえられない。

三匹《びき》つかまえたら、距離感もつかめた。

——よし、この調子だ！

次のカエルをつかまえようとしたとき、急に画面がうす暗くなる。まるで、太陽が雲に隠《かく》れたように——。

——おかしいな……？　雲一つないいい天気なのに。

カメラを持ったままふりかえると、背後に巨大《きょだい》なナメクジがいた。版権が許すなら、ナメゴンと呼びたい気分だ。

――生物とちがってアバターだから、近づいてくる気配がわからなかった……。

ナメクジが背負っているポイントは10000。もたげた頭が三メートルぐらいの高さにある。その頭が、太陽の光をさえぎっているのだ。

――実際は存在しないアバターが影《かげ》をつくるとは……。創也の奴《やつ》、プログラムがんばったな。

いや、そんなことに感心している場合ではない。

巨大《きょだい》ナメクジが、ぬめぬめと近づいてくる。

ぼくを包みこむように、体がのびる。

――ヤバい！

考える前に、ぼくはかけ出していた。しばらく走ってふりかえると、ナメクジのアバターも、すごいスピードで追いかけてくる。

なんでナメクジが、そんなスピードで移動できるんだよ！

ぼくは、悲鳴をあげるのをがまんして、逃《に》げる。

まわりにいる大学生に、アバターは見えない。見えているのは、恐怖《きょうふ》の表情で逃げる中学生だけだ。

走りながらまわりをカメラで見ると、建物より大きい巨大なカエルやヘビが、いろんなところでうごめいている。

——これって、捕獲《ほかく》ゲームより、『巨大怪獣総進撃《きょだいかいじゅうそうしんげき》』の映画にしたほうがいいんじゃないか？

なにより、パワーバランスがおかしい！　ナメクジの移動速度が速すぎる！

創也に思いっきり文句をいってやろう——しかし、そのためには、創也を見つけないといけない。

ぼくが想定する創也のアバターは、カエル。カエルといえば、水辺。大学内で水のあるところは……。

頭の中にキャンパスマップを広げる。『プール』の文字が目に入る。

——ここだ！

ぼくは、生協の建物に逃《に》げこんでナメクジをまき、プールを目指す。

フェンスにかこまれたプール。人間はだれも泳いでいない。創也もいない。カエルのアバターだけが、楽しそうに水遊びしている。

大量のカエルを見て、ぼくの気持ちはもりあがる。創也がいないのはざんねんだけど、ポイントはかせげる。

フェンスにそって、スマホをふる。つかまえられるのは、プールサイドにいる小物ぐらいだ。

プールの中では、１０００のポイントを背負った大きなカエルたちが、みごとな平泳ぎを披露《ひろう》している。

なんとかつかまえてやろうと思うんだけど、フェンスを乗《の》り越《こ》えると大学からおこられそうだし……。

ぼくは、スマホの画面を見る。ショップというボタンがあるので押《お》してみたら、ねじりはちまきの親父《おやじ》が画面に現れた。

[なにがほしい？]

質問の文字の下に、入力する。

[キャッチネットより、射程距離《しゃていきょり》のある網《あみ》]

すると画面に、柄《え》の長い捕虫網《ほちゅうあみ》や投網《とあみ》、マジックハンドなどのアイテムが現れる。それぞれに、ポイント数がついている。

ぼくは、カエルをつかまえてかせいだポイントの中から3500ポイントを出して、投網を購《こう》入《にゅう》。ほとんどのポイントを使ってしまったが、これでカエルを一網打尽《いちもうだじん》したら、ポイントなんかかせぎ放題。

投網を手にしたぼくを見て、カエルたちがパシャパシャと逃《に》げる。

その動きが、不意に止まる。

——なにが起きた？

まわりを見ると、

「やぁ、内人くん」

背後に創也が立っていた。

みょうに自信たっぷりなようすに、ぼくの頭はクルクル回転する。

——創也も、ぼくのアバターがなにかを知らないはず。でも、ぼくが投網《とあみ》を持ってカエルにむかっていくのを見ている。つまり、ぼくがヘビであることは、かんたんに推理できる。

ここまではわかった。

ぼくは、創也に体をむける。

「よぉ、創也。そっちの調子はどうだ?」

声をかけている間も、考える。

——創也は、ぼくを見て寄ってきた。もし創也がカエルなら、ヘビのぼくに近づいてくるとは思えない。創也は、ナメクジかヘビだ。いや、ちょっと待て……。

創也がカエルでも、ヘビのぼくよりポイントをかせいでいたら、ぼくに勝てる!

つまり、創也はカエル、ヘビ、ナメクジ——この三つのどれかということだ。

そして、結論にたどりつく。

——けっきょく、なにもわかってないじゃないか!

「内人くん……」

創也が、ぼくにむかって足をふみ出す。

ぼくは後ずさりして、距離《きょり》をたもつ。

「どうしたんだい？　ぼくのアバターがわからないから、警戒《けいかい》してるのかい？」

図星だ。しかし、それを顔に出してはいけない。

ぼくはよゆうの笑顔《えがお》をつくると、創也にいう。

「おまえのアバターは、ヘビだろ？　だから、カエルを捕獲《ほかく》しにプールへ来た。どうだい、この完璧《かんぺき》な推理は？」

「それは、『自分がヘビだからプールに来ました』といってるようなものなんだけど……」

しまった！

いや、あせるな。まだ、ぼくのアバターがヘビだと気づかれただけだ。まだ、チャンスはある。

——考えろ、考えるんだ！

今、いちばん手がかりになっているのは、創也がタッチしにこないということだ。

——創也は、ポイント差が倍以上あるかどうか考えている。

ぼくは、自分が投網《とあみ》を持っていることに気づく。

——このアイテムを手に入れるため、ほとんどのポイントを使ってしまった。創也は、それに気づいただろうか……？

さりげなく、投網《とあみ》を背後に隠《かく》す。

創也が、肩《かた》をすくめる。

「きみが投網を手に入れるのにポイントを大量消費したことはわかってるよ。もう、ほとんどポイント持ってないんだろ？」

——ぎくっ！

「ちなみに、ぼくはかせいだポイントのほとんどを使ってない。確実に、きみの三倍のポイントを持っている」

「…………」

創也のことばに、顔が引きつるのがわかる。

——いや……まだだ。

ぼくは、フッと笑う。

「いや、みごとな観察力と推理。さすが、創也だ。だけど、ぼくもわかったことがある。ぼくより倍以上ポイントを持ってるのがわかってるのに、タッチしにこない。つまり、創也のアバターは、ぼくと同じヘビだ」

ビシッといってやった。

創也は、なにもいわない。

ぼくは、創也に近づき手をのばす。

「観察力をほめてくれてありがとう」

創也のことばで、肩《かた》をたたこうとした手が止まる。

「だから、その観察力で気づいたことを教えてあげよう」

創也が、プールを指さす。そこには、さっきと同じ光景が広がっている。おおくのカエルが、動きを止めたままだ。

「カエルが動かない。この意味がわからないとはね……」

ヤレヤレという感じで、創也が首をふる。

「『さんすくみ』とは、ヘビがナメクジをこわがり、ナメクジはカエルをこわがり、カエルがヘビをこわがるということから、『おたがいに動きがとれなくなる』ようすを表している――このことは、内人くんも知ってるじゃないか」

「……………」

ぼくは、プールを見る。ぼく――つまりヘビの持つ投網《とあみ》を見て逃《に》げていたカエルが、創也が来て動きを止めた。

ということは、創也のアバターは……。

「ぼくは、ナメクジだよ」

創也が手をのばし、タッチしてくる。

ぼくの持つスマホに、『GAME《ゲーム》　OVER《オーバー》』の文字がうかんだ。

全身から力がぬけ、ぼくは座《すわ》りこんだ。

——あれ？

「おまえ、ぼくがヘビだって、すぐにわかったんだろ？　おまけに、ポイントもすくないって——。だったら、どうしてすぐにタッチしなかったんだ？」

「きみが、いかにジタバタするか観察したかったんだ」

楽しそうにいう創也。

——このヌチャッとした性格……。こいつは、ヘビよりナメクジに近い。

「どうかしたかい？」

うん、よく見たら、たしかにナメクジみたいな顔をしてる。

ぼくは、どこかに塩が落ちてないか探す。

テストプレイが予定より早く終わったので、多目的施設《たもくてきしせつ》のロビーで休憩《きゅうけい》。

ソファーに座って足を組むと、なんだか大金持ちになったような気分になる。創也が、自販機《じはんき》で買った紙コップのジュースを持ってきてくれた。

「中学校にも、自販機《じはんき》とかソファーとかおいてくれないかな？　みんなの学習意欲も上がると思うけど――」

　ぼくの提案に、創也が答える。

「今から猛勉強《もうべんきょう》して、文科大臣にでもなって、学校改革を提案するんだね」

「なるほど！　よし、がんばろう！」

　ぼくの中で、学問への意欲がふくれあがる。

　創也が、ボソッという。

「未来の中学生のためにがんばろうとする内人くんを、ぼくは尊敬するよ」

「えっ？」

　よく考えたら、文科大臣になってるってことは、中学校を卒業してるってことだ。つまり、中学校の自販機もソファーも使うことはない……。

　急激に、学問への意欲がしぼむ。

「どうやったら、卒業までに文科大臣になれる？」

　この質問には、ことばではなく、生あたたかい目をむけてきた。

　まぁ、いいや。今は、とてもいい気分だから――。

そのとき、楽しい気持ちを吹《ふ》きとばすような殺気を感じた。

逃《に》げろ！　――そう思ったが、おそかった。

「やぁ、きみたち。元気にしてたかな？」

おだやかな口調だけど、獲物《えもの》を見つけた肉食獣《にくしょくじゅう》の目。教育実習生モードの柳川《やながわ》さんが、ぼくらにむかって片手をあげた。

その背後には、神宮寺《じんぐうじ》さんと麗亜《れいあ》さんにジュリアス。

栗井栄太《くりいえいた》ご一行さまの登場だ。

「ごきげんよう、キッズたち」

麗亜さんの投げキッス。ぼくと創也は、神技的《しんぎてき》ディフェンスでよける。

「内藤《ないとう》さんたち、なにしてるんです？」

ジュリアスの質問。

答えたのは、ぼくらじゃない。神宮寺さんだ。

「GPS型ARを使ったゲームをつくった。そのテストプレイをしに来た――こんなところじゃないのか？」

さすが神宮寺さん、正解だ。

「神宮寺さんたちこそ、なにやってるんです？」

創也がきいた。

「ゲームができたんでな。出品票を出しに来たんだ。あと、〝ついで〟もあったしな」

神宮寺さんが、柳川さんを見てニヤリと笑う。無視する柳川さん。

創也がいう。

「出品票はオンラインでも提出できます。わざわざ大学まで出しに来るなんて、ずいぶんアナログなことしてますね」

「ぼくも、そういったんだよ。でも、リーダーが、直接出しに行ったほうがいいって——」

ジュリアスが、理解できないって感じで肩《かた》をすくめた。

「ちゃんと説明しただろ。今回の仕事は、ふつうのゲームをつくって満足してちゃダメなんだ。ナンバーワンのゲームとして、プレイヤーに選ばれなきゃいけない」

神宮寺さんは、ジュリアスというより、ぼくと創也にむかって話しかけてる感じだ。

「同じレベルのゲームが二つあったとする。だったら、選ばれるのは、より熱意を示したほうになる。これが、世の常だ」

「意外ですね——」

創也が、口をはさむ。

「神宮寺さんなら、『熱意なんか関係ねぇ。ゲームのできが、すべてだ』——こういうと思って

郵便はがき

1 1 2-8 7 3 1

料金受取人払郵便

小石川局承認

1108

差出有効期間
2024年7月31
日まで
（切手不要）

東京都文京区音羽二丁目
十二番二十一号

講談社
児童図書編集 行

愛読者カード 今後の出版企画の参考にいたしたく存じます。ご記入の上ご投函くださいますようお願いいたします。

お名前

ご購入された書店名

電話番号

メールアドレス

お答えを小社の広告等に用いさせていただいてよろしいでしょうか？
いずれかに○をつけてください。 〈YES NO 匿名ならYES〉

TY 000049-2205

この本の書名を
お書きください。

あなたの年齢　　歳（小学校　　年生　　中学校　　年生 / 高校　　年生　　大学　　年生）

●この本をお買いになったのは、どなたですか？

1. 本人　2. 父母　3. 祖父母　4. その他（　　　　）

●この本をどこで購入されましたか？

1. 書店　2. amazon などのネット書店

●この本をお求めになったきっかけは？（いくつでも結構です）

1. 書店で実物を見て　2. 友人・知人からすすめられて
3. 図書館や学校で借りて気に入って　4. 新聞・雑誌・テレビの紹介
5. SNS での紹介記事を見て　6. ウェブサイトでの告知を見て
7. カバーのイラストや絵が好きだから　8. 作者やシリーズのファンだから
9. 著名人がすすめたから　10. その他（　　　　）

●電子書籍を購入・利用することはありますか？

1. ひんぱんに購入する　2. 数回購入したことがある
3. ほとんど購入しない　4. ネットでの読み放題で電子書籍を読んだことがある

●最近おもしろかった本・まんが・ゲーム・映画・ドラマがあれば、教えてください。

★この本の感想や作者へのメッセージなどをお願いいたします。

ました」

ちなみに、『　　』の中は神宮寺さんの口調でいったんだけど、すこしも似ていない。

「あまいな、竜王《りゅうおう》」

神宮寺さんが、創也を見る。

「おれたちは、ゲームづくりの職人であり芸術家だ。だがな、どんないいゲームをつくっても、だれもプレイする者がいなかったら、そんなものはゴミだ。だから、おおくの人に届くよう、行動しなきゃいけねぇ」

「…………」

「わかるか？　おれたちは、商人でもあるんだ」

「…………」

「『いいゲームをつくったら認めてもらえる』なんてあまい考え、早いとこ卒業しろよ」

「…………」

創也は、なにもいえない。だまったまま、神宮寺さんから目をそらす。

こんどは、ぼくが質問する。

「それで、栗井栄太は、どんなゲームを完成させたんですか？」

「なにきいてるんですか、内藤さん！　そんなの、教えるわけないじゃないですか」

鼻で笑うジュリアス。

麗亜さんが、その頭に手をのせる。

「ケチくさいこというんじゃないわよ。もうゲームはできてるんだし、なにも秘密にすることないわ」

「そのとおり。栗井栄太のゲームは、完成した。ジュリアス、出品票を竜王にわたしてやれ」

神宮寺さんが、ジュリアスにいう。

ジュリアスが、ふてくされた顔で、持っていたバッグから出品票のコピーを出す。

「コピー？　デジタルデータで、ほしいな」

創也が不満をいうと、ジュリアスがかなしげな顔をする。

「そういわず、もらってください。リーダーが、たくさんコピーしてあまってるんです」

「一枚でいいのか？　いっぱいあるから、遠慮《えんりょ》するなよ」

神宮寺さんが、ジュリアスのバッグに手をつっこみ、十枚ほど出品票をわたしてくれた。

……そうか。神宮寺さんは、最初から配る気、まんまんなんだ……。

「あと、奈亜《なあ》さん――梨田《なしだ》奈亜先生に会ったら、彼女《かのじょ》にもわたしてくれないか。『これが、栗井栄太のつくったゲームです』ってな」

そういう神宮寺さんは、さっきまでとは雰囲気《ふんいき》がちがう。どんな熱意をこめたゲームも関係ない。栗井栄太のつくったゲームが、最強。――口にしなくても、伝わってくる。

柳川さんがいう。

「きみたちのゲーム、まだ完成してないんだろ？　よかったら、ぼくらのゲームを参考にブラッシュアップしたらいいよ」

笑顔《えがお》をつけて、アドバイス。いかにも、教育実習生モードの柳川さんらしい口調だ。

でも、その目は、神宮寺さんと同じ。おまえらが、いくらブラッシュアップしても、おれたちのレベルに届かない――そういっている。

ぼくは、おそるおそる柳川さんにきく。

「あの……どうして、教育実習のときの柳川さんなんですか？」

この質問に、一瞬《いっしゅん》、柳川さんがいつもの表情にもどる。獲物《えもの》を狩《か》る肉食獣《にくしょくじゅう》――。いや、すこし雰囲気《ふんいき》がちがう。肉食獣は肉食獣でも、罠《わな》にかかってとまどってる感じがする。

柳川さんの口がひらく。

「……ケ……ベ……ウ……」

――ケベウ？

ぼくは、創也に小声できく。

「トルコの料理だっけ？」

「それは、ケバブだ」

だったら、ケベウってなんだ？

首をひねるぼくに、柳川さんが顔を近づけ、ふりしぼるようにいった。

「サイヨウシケンのベンキョウだ」

その迫力《はくりょく》に、ぼくはガクガクとうなずく。

——でも、採用試験の勉強って……なんの採用試験なんだろう？

ふしぎに思ってると、柳川さんの後頭部でパカンと音がした。くずれ落ちる柳川さん。

女性が、持っていたバッグで柳川さんをなぐったんだ。

「ダメですよ、柳川先生。中学生をおどかしたら——」

梨田先生が立っている。

「梨田先生……えーっと……今日はお元気そうですね」

梨田先生がクルリと一回転し、うれしそうにいう。

「そうですか？　臨時収入があったので、たくさんご飯を食べられたからですね」

たしかに、肌《はだ》つやがいい。

神宮寺さんが梨田先生にかけより、深々と頭を下げた。

「ごぶさたしております」

「あら、ナオトさんも来てたの？　おひさしぶり～！」

笑顔《えがお》の梨田先生に対し、「ナオト」と呼ばれた神宮寺さんは複雑な表情。ちなみに、神宮寺さんの名前は「直人」と書いて「ナオヒト」と読む。

「ナオトさん、どうしてM大にいるの？　ひょっとして、ＭＧＣのゲームをつくったとか――？」

神宮寺さんを見上げる梨田先生。歴戦の勇者というより、前科数十犯の凶悪犯《きょうあくはん》のような目をしている。

「…………」

神宮寺さんの額に、汗《あせ》がふきだしている。

ゲーム嫌《ぎら》いの梨田先生。その先生の目の前で、「ゲームをつくりました」というには、死を覚《かく》悟《ご》する必要がある。

神宮寺さんが、ジュリアスのカバンから出品票を出す。

「これが、栗井栄太のつくったゲームです。ご覧ください」

ふるえる声の神宮寺さん。

「あっ、そう」

あっさり受け取る梨田先生。チラリとも見ず、自分のカバンにつっこむ。それは、神宮寺さんたちのゲームなど知る必要がないって態度。

「じつは、わたしもゲームつくったの。それで、出品票を出してたらおそくなって——」

創也が質問する。

「それって……サバ研に頼《たの》まれたのですか？」

「そうですよ。手付け金をもらったから、ひさしぶりにカロリーを取りました」

とてもうれしそうな梨田先生。血色のいい笑顔《えがお》は、ぼくらと対照的だ。

——いったい、どんなゲームをつくったんだ……？

梨田先生が、気を失っている柳川さんをかかえ起こす。

「すみません、柳川先生。あまりにお待たせしちゃって、寝《ね》ちゃったんですね」

ぼくは、麗亜さんにきく。

「柳川さん、バッグでなぐられたぐらいで、気を失いませんよね？」

「あのバッグ、中に鉄板がしこまれてるわね」

麗亜さんの答えに、ぼくの頬《ほお》を冷たい汗《あせ》が流れる。

「それでは、みなさん、ごきげんよう～」

柳川先生を引きずるようにして、梨田先生が去っていく。

「あのふたり、どこへ行くんです？」

創也のつぶやき。

ジュリアスが答える。

「ウイロウ、なにを考えたのか、教員採用試験を受けるんだって……。それで、いっしょに教育実習をした彼女《かのじょ》と勉強するっていうんだけど……」

なるほど。それで、神宮寺さんたちは〝ついで〟と称《しょう》して見に来たわけだ。

不安そうなジュリアス。

「ウイロウ……栗井栄太をやめちゃうのかな？」

「あいつが、やめるわけがねぇだろ」

神宮寺さんは、不敵に笑う。

「ウイロウの話じゃ、栗井栄太のゲームに深みをあたえるためだそうだ。あいつにいわせると、栗井栄太のゲームにたりないのは、〝子どもの遊び心〟だそうだ。そのためには、子どもの気持ちがわからないといけない。そういう、子どもの専門家になるために、教員採用試験の勉強をするっていってたな」

「…………」

「まぁ、バトルゲームのために、傭兵《ようへい》になるような奴《やつ》だからな。栗井栄太をやめる心配は一切《いっさい》してねぇ」

神宮寺さんが、ぼくと創也を見る。

「それ以外の理由としては――おまえらの学校に行ったのが、かなり楽しかったんだろうな」

微笑《ほほえ》む神宮寺さん。

そのことば、かなりうれしかった。


帰りの電車――。

創也は、ずっと無言だ。

「ほれ」

ぼくは、神宮寺さんからもらった出品票をわたす。

「…………」

四つに折ってポケットに入れる創也。

「見ないのか?」

「見ない。梨田先生も、見なかった」

「梨田先生は、ゲームが嫌《きら》いだ。今回、ゲームをつくったのは生活のため――というか食費のため。ゲームをつくることに、執着《しゅうちゃく》してないからね。見なくてもふしぎはない。でも、おまえはちがうだろ?」

「…………」

「おばあちゃんがいってたんだけどさ――。野生動物がこわいのは、なりふりかまわないところだって。プライドもなく、見た目も気にしない。生き残るためなら、なんでもする」

「なにがいいたい？」

「栗井栄太は、安っぽいプライドを守りながら勝てるような相手か？　いや、栗井栄太だけじゃない。梨田先生も参戦してる。この状況《じょうきょう》がわかってるのか？」

「…………」

「今日のテストプレイでＯＫなのか？　栗井栄太の出品票を参考に、まだまだできることはあるんじゃないか？」

「…………」

だまりこむ創也。

しばらく、無言の時間が流れる。

一つため息をつき、創也がぼくを見る。

「内人くん、明日の予定は？」

「えーっと……」

ぼくは、なにも書かれてない手帳をひらく。

「午前中は、睡眠《すいみん》。お昼ごろ起きて、ご飯食べたらゲーム。その後は、駅前のコートでストバス。夕方は、予約してあった本を取りに本屋へ。夜は、宿題をする。——いっぱいいっぱいだな」

「悪いが、宿題以外をすべてキャンセルしてくれたまえ。朝八時、駅前に集合だ」

創也の真剣《しんけん》な声。

「どこへ行くんだ?」

「答えないとわからないのか?」

その答えに、ぼくは微笑《ほほえ》む。

頭の後ろで手を組み、電車の天井《てんじょう》を見る。吊《つ》り広告が、かすかな風にゆれている。

「そのうち、通学定期を買ったほうがいいかもな」

「安心したまえ。定期が必要になる前に、ゲームは完成する」

創也のことばに力がわいてくる。

こうして、ぼくらは週末になるとM大学に出かけた。

数度のいい合いと、二回の取っ組み合い、大量のハンバーガーとコーラを消費し、『さんすくみ』をすこしでもよくするためにがんばった。

かなりキツい状況《じょうきょう》もあったが、なんとかふんばれた。それもこれも、ぼくらが共通の思い——なりふりかまわず、いいゲームをつくる——を持っていたからだ。

いろいろあったけど、やっぱり定期を買ったほうがよかったと思う前に、『さんすくみ』は完成した。

こまかい仕様書やGPS型ARのデータなどをすべて南野さんにわたし、ぼくらの仕事は終わり。

ふぅ……。

そして学祭三日前——。

南野さんから、連絡《れんらく》が来た。

「ありがとうございます。書類審査《しょるいしんさ》の結果、『さんすくみ』は、学祭初日に行われる五つのゲームに選ばれました」

ぼくと創也は、無言でハイタッチ。

スマホのむこうからきこえてくる彼女《かのじょ》の声も、うれしそうだ。

「他に選ばれた四つのゲームですが、映画研究会『M.U.C.』の『S.T.B.』に、サバ研の『鯖威張《さばいば》るゲーム』——」

「ああ、それらが選ばれるのはわかってましたから」

あとのゲームのことはきかず、創也は通話を終えた。その小鼻が、すこしふくらんでいる。

いつもよりていねいに紅茶をいれてくれる。

「やるだけのことはやった。あとは、大学祭の初日に、どれだけの人間が『さんすくみ』を選んでくれるかだ――」

ぼくは、不敵な笑《え》みをうかべていう。

「『ミンチをなくして天丼《てんどん》を食う』っていうだろ。どっしり構えてたらいいんだよ」

すると、創也が英語を話すワニと会ったような顔をした。

「後学のためにききたいんだけど、それってどういう意味なんだい？」

「ふっ、こんな有名なことばも知らないのか。やるだけのことをやったら、あとのことは天の意思に任せて、結果が出るのを待てってって意味だよ」

「…………」

創也が、大きなため息をつく。

「どうして『ミンチをなくして天丼を食う』ってことばから、そんな意味が出てくるのかはおいておいて――」

創也が、ぼくのカップに自分のカップを当てた。

「やるだけやったってのは、内人くんのいうとおりだ。あとは、天丼でも食べて――ではなく、天命を待とう」
天命が出るのは、二日後の土曜日。
いよいよ、M大学祭が始まろうとしている。

06 大学祭が始まり、初日の結果が出る。

思わず口をポカンとあけてしまいそうな青空が広がっている。M大学の学祭初日は、全国的な好天に恵《めぐ》まれた。

ぼくと創也《そうや》は、慣れ親しんだ電車に乗り、M大学にむかう。

いつもと同じように、卓也《たくや》さんも乗っている。

「卓也さん、今日は学祭ですよ」

ぼくのことばに、卓也さんは「知ってます」とうなずく。

「なのに、勉強に行くんですか？」

「とうぜんです。我々社会人には、学ぶ機会も時間も限られてますからね。たとえ学祭期間でも、学べるときに学んでおかないといけません」

拳《こぶし》をにぎりしめ、力説する卓也さん。

ぼくは、この立派なことばを、『心の金言集』に書きとめる。まねできないのは、わかってるけど……。

卓也さんが、フッと力をぬく。

「でも今日は学祭ということで、勉強を早めに切りあげて、幼児教育研究科の餅《もち》つきイベントに参加させてもらいます」

そういう卓也さんは、社会人というより大学生に見えた。

電車の中がいつもとちがうのは、多くの中学生が乗ってること。しかも、よく見るとクラスメイトがおおい。

「あれ？　内人《ないと》も、この電車だったの？」

健一《けんいち》が話しかけてくる。微妙《びみょう》な距離《きょり》をおいて、真田《さなだ》女史もいる。

ぼくは首をひねり、健一にきく。

「加護妖《かごよう》のライブは、明日じゃなかったっけ？」

「そうだよ」

ニコニコした笑顔《えがお》の健一。

「明日も行くけど、今日は、内人たちのゲームをプレイしに行くんだ」

「…………」

「学祭初日にいちばん人気があったゲームが、ＭＧＣで優勝するんだろ？　この電車に乗ってるのは、ふたりのゲームをプレイしたい連中がほとんどだよ」

ぼくは、横にいる創也を見る。泣きたいような笑いたいような――なんともいえない顔をしている。

「それで、ふたりがつくったゲームの名前、なんていうんだ?」

健一の質問。

ぼくが答える前に、創也が口をひらいた。

「気持ちはありがたいんだけど、身内びいきで優勝するのは、本意じゃない。それより、きみたちがおもしろそうだと思うゲームで遊んでくれたまえ」

「うん。竜王《りゅうおう》なら、そういうと思ってた。みんなにも、そういっとくよ」

健一が笑顔《えがお》でいった。

ふたりきりになったとき、ぼくは創也にいう。

「おまえ、変わったな」

「そうかな?」

意外なことをいわれたという顔の創也。

ぼくは、続ける。

「以前なら、『きみたちに助けてもらって優勝しようとは思わない』――そういってただろ。それが、『気持ちはありがたい』とか『身内びいき』とか——。クラスメイトを、〝身内〟なんて、今まで思ってなかったろ?」

「…………」

無言の創也。でも、その頬《ほお》が微妙《びみょう》に赤い。

車窓の風景に顔をむけ、創也がボソッという。

「ぼくらの仕事は、なりふりかまわずゲームをつくること。そこまでだ。できたゲームの評価に対して、ぼくらは手を出してはいけない。すべては、プレイヤーにゆだねられなければいけない」

「…………」

「でも、健一くんたちの気持ちは、素直《すなお》にうれしかったよ」

——こいつ、ほんとうに変わったな。

ぼくは、創也の変化がうれしかった。

駅前には、『M大学祭実行委員会STAFF《スタッフ》』と書かれた真っ赤な法被《はっぴ》を着た十数人の学生たち。

「大学祭に行かれる方は、学祭用アプリを入れると、さらに楽しめますよ!」

ハンドマイクで、大学にむかう人たちに呼びかけている。その横には、二次元コードが書かれた立て看板。

創也が二次元コードを読みこむと、スタッフの人が、

「カメラを起動させてみてください」

いたずらっ子の笑顔《えがお》でいった。

いわれるまま、カメラを通してまわりの景色を見る。

「おお～！」

思わず声が出てしまった。

駅前広場が、アミューズメントパークみたいにデコレーションされて見える。空には、五機のブルーインパルスが、カラースモークで『MUF』の文字を書く。

カメラのレンズをM大学のほうへむけると、ポンポンと花火が上がっている。

口をポカンとあけるぼく。

「すごいなぁ……」

創也も感心する。

「ARの技術を、うまく使ってるね」

「『MUF』って書いたのは、学祭で『ムフッ♡』としてくれってことかな?」

「『M《エム》 University《ユニバーシティ》 Festival《フェスティバル》』の略だと思うよ」

創也の視線がいたい……。

ことばすくなに、ぼくらは大学へむかう。

今までに見たことがないにぎわいを見せるM大学。祭りの参加者で、人口密度はいつもの十数倍になっている。

正門わきでは、赤い法被《はっぴ》の実行委員会スタッフが、交通整理をしたり案内のビラを配ったりしている。

実行委員会だけじゃない。いろんな団体が、それぞれの法被を着て、自分たちのイベント案内のビラを配っている。あっという間に、十数枚のビラが、ぼくの手の中に押《お》しこまれる。

それだけじゃない。

大きな立て看板の前では、ハンドマイクを持った集団が道行く人にむかって演説している。

「今こそぉー！　護堂《ごどう》を呼び寄せぇー！　リセットぉー！　やってもらうときではないかぁー！」

「そうだぁー！」

「そのためにもぉー！　みんなで五芒星《ごぼうせい》を描《か》きぃー！　護堂を呼ぼぉー！」

「呼ぼぉー！」

立て看板には、『なにもかもリセットだ！』とペンキで書かれている。

実行委員会の法被《はっぴ》を着た人たちが来て、押《お》し問答《もんどう》になる。

「リセットはテロ行為《こうい》だ！　リセットを呼びかけるのはやめろ！」

「それは言論の弾圧《だんあつ》だ！」

主義と主張のぶつかり合い。なぐり合いでなく、ことばで戦ってるところが大学生っぽい。

あまりのにぎわいに、ぼくと創也は道から外れ、草だらけの植えこみに避難《ひなん》。

実行委員会のスタッフからもらったビラを、広げる。

新聞紙と同じ大きさのビラ。表には、M大学の大学祭案内図。各学部棟《がくぶとう》の教室で行われている催《もよお》し、模擬店《もぎてん》や救護テント、各イベント用に用意されたおおくの特設ステージの位置などが、かわいいイラストとともに描《か》かれている。

そして裏面《うらめん》は学祭の詳細《しょうさい》——各イベントが行われる時間などが一覧になっている。

「ARだけじゃなく、こういうアナログな案内もやってくれるところがいいね」

ぼくらは、ゲームイベントについて調べる。

「『さんすくみ』のブースは、西側。一方、栗井栄太《くりいえいた》の『S.T.B.』は東側——」

創也の指が、案内図の上を動く。ちなみに、サバ研の『鯖威張《さばいば》るゲーム』ブースは正門近く——南南東の方角に設置されている。

「じゃあ、まず『さんすくみ』のブースへ行こう。南野《みなみの》さんにもあいさつしないとね」

そう思って移動したのだが、あいさつするどころじゃなかった。

たくさんの人が、『さんすくみ』のブースに集まっている。その人たちを前に、南野さんたち文芸部員がルール説明をする準備をしている。

「創也……。なんか、すごい人数じゃないか?」

ぼくは、興奮をおさえながらいう。

「落ちつきたまえ、内人くん……」

創也の声も、微妙《びみょう》にふるえている。

ぼくは、深呼吸する。

「でも、これなら心配ないよ。栗井栄太の『S.T.B.』へ行こうぜ」

「そうだな。神宮寺《じんぐうじ》さんたちにも、『おつかれさま』っていってやりたいし——」

上から目線で、創也がいった。

『S.T.B.』のブースへむかうぼくらの足取りは、スキップしそうなぐらい軽い。いや、正確に書くと、ぼくはスキップしそうなぐらい軽かったけど、創也はスキップできないのでギクシャクした動きだった。

しかし、軽《かろ》やかな動きは、『S.T.B.』のブース手前百五十メートルで急速に重くなった。

人、人、人……。

あまりにも人間がおおすぎて、前に進むことができない。それは、『さんすくみ』に集まっている人数とくらべものにならない。そのようすを、楽しそうに撮影《さつえい》している人たちがいる。映画研究会のスタッフだろう。

「創也……。なんか、すさまじい人数じゃないか？」

「…………」

「これって、全部、『S.T.B.』をプレイしたい人なのかな……？」

「…………」

創也は答えない。汗《あせ》をかくような気温じゃないのに、その頬《ほお》を、汗が伝っている。

ぼくは、あわてていう。

「そんなに心配するなよ。ほら、すぐ近くで人気のイベントがあるのさ。それか、『びっくりタコ焼き』の屋台とか——。それで、すさまじい人数になってるのさ」

「うん……そうだな」

創也の返事に、元気がない。

ぼくは、あらためて集まってる人を見る。すると、前のほうに健一と真田女史がいるのが見えた。

腕組《うでぐ》みしている真田女史。数秒後、首を横にふり人混みから離《はな》れようとする。それを止める健一。

「見たか？　真田女史、『S.T.B.』に首を横にふったぞ。このゲーム、優勝は無理な気がしないか？」

真田女史は、まるで未来が視《み》えてるみたいなところがある。そんな彼女《かのじょ》が首を横にふった。うん、『S.T.B.』の優勝はない！　きっとそうだ！

目の前が明るくなった——と、思った瞬間《しゅんかん》、目の前が真っ暗になった。背後から、手で目をふさがれたのだ。

「だ〜れだ？」

この声をまちがえるはずない。

「ユラさんです！」

「ざんねん！　わたし——北条夏音《ほうじょうかのん》でした！」

えっ？

ふりかえると、ぼくの目をふさいでいたのは夏音。ユラさんは、その横に立っていた。

——ズルくないか？

「ユラさんと北条さん……。なにしてるんです？」

創也の質問に、

「大学祭を楽しみに来たのよ」

ウフッと笑うユラさん。

——嘘《うそ》だな。

そう思うぼくの横で、創也が口をひらく。

「ぼくの推理を話してもいいですか？」

「どうぞ」

「『頭脳集団《ブランナ》』は、M大学のサークルからゲーム制作の依頼《いらい》を受けた。そのゲームが学祭でプレイされる五つのゲームに選ばれた。おふたりは、そのゲームが優勝するかどうか見に来た。——いかがです？」

〝いかがです？〟と質問口調だが、内心は〝ぼくの推理にまちがいない〟と思ってるのだろう？

夏音が、腕《うで》をクロスさせ、口をとがらせていう。

「ブ〜ッ！　外れです！」

その横で、ユラさんが、かなしそうに目を伏《ふ》せる。

「……ざんねん。正解だったら、今日は一日、内人くんたちといっしょに楽しくすごそうと思ったのに……」

なんですと！

ショックで声が出ない間に、ユラさんが微笑《ほほえ》む。

「夏音と、合唱部主催《しゅさい》の『カラオケバトル』を楽しみに来たの。できたら、内人くんもさそって――。でも、竜王くんの推理が外れたから、夏音とのデュエットで優勝を目指すわ」

――合唱部主催の『カラオケバトル』……。

ぼくと創也は、がさがさとM大学の大学祭案内図を広げる。北のはしに、『カラオケバトル』と書かれている。これも、MGCで選ばれた五つのゲームの一つ……。

ユラさんが、頬《ほお》に指を当てる。

「おたがい、学祭を楽しみましょう」

そういって、ぼくらに背をむける。

「ばっははは～い！」

ぶんぶん手をふる夏音。

ふたりが人波に見えなくなったとき、ショックから回復したぼくは、創也の胸《むな》ぐらをつかむ。

「おまえの下らない推理のせいで、ユラさんが行っちゃったじゃないか！」

「落ちつきたまえ、内人くん。それならきみは、ふたりがなにをしに来たと思ってるんだい？」

苦しい息の下から、創也がいった。

「なにしにって……ユラさんがいったじゃないか。『内人くんもさそってカラオケバトルを楽しみに来た』って――」

「素直《すなお》に信じてるのかい？」

「………」

「きみは、彼女《かのじょ》に、大学祭初日に顔を出すことを話したかい？」

……話してない。

ぼくの手の力がゆるむ。

創也がいう。

「彼女たちが大学祭にやってきたのには、なにか他の理由がある。おそらく、『頭脳集団』がらみの指令だ。ただ、どんな指令であろうと、ぼくらには関係ない」

たしかに、創也のいうとおりだ。

「わかったよ、創也。今は、学祭を楽しむことに集中しよう」

「うん、そうしよう！」

元気な声がきこえた。これは、創也の声じゃない。

「おひさしぶり！」

黒いキャップに黒いサングラス、大きなマスクで、ほぼ顔の面積が隠《かく》れている。でも、ぼくも創也も、すぐにわかった。

　加護妖！

「なんで、ここにいるんだ？」

「出番は、明日じゃないのか？」

　ぼくと創也は、加護妖を隠《かく》すように、彼女《かのじょ》のまわりをグルグル回る。

「ちょっと、やめてよ。逆に目立つから——」

　たしかに、加護妖のいうとおりだ。

　動きを止めたぼくらに、加護妖がいう。

「お昼から、ライブの打ち合わせがあるんだ。それまで、いろいろ見て回ろうと思ってね」

　マスクの下で、ウフッと笑う。

　加護妖——。映画のロケのため、疾風《はやて》のように現れて疾風のように去っていった転校生。見た目はボーイッシュな女の子。服装は男子で、話しことばは女子。天使に性別はないっていうけど、そんな感じ。いや、加護妖は〝天使〟というより〝堕天使《だてんし》〟だけどね。

　そして今は、人気爆発中《ばくはっちゅう》のアイドル。

「加護妖がいるってわかったら、大騒動《おおそうどう》になるんじゃないのか？」

　小声できく。

「だいじょうぶ、だいじょうぶ。完璧《かんぺき》に変装してきたから――」

――いや、かえって目立ってるぞ……。

「じゃあね」

そういい残し、軽《かろ》やかに人波に消える加護妖。あいかわらず、神出鬼没《しんしゅつきぼつ》だ。

気を取り直した創也が、腕時計《うでどけい》を見る。

「そろそろだな」

午前九時――。

オープニングセレモニーとして、各種団体参加の御輿行列《みこしぎょうれつ》が、大学内のあちらこちらで始まった。同時に、MGCで選ばれた五つのゲームもスタートする。

それらのようすは、キャンパスのいろんなところに設置された大型モニターでも、見ることができる。

ハンドマイクを通して、『S.T.B.』のブースから声がきこえてくる。声の主は、『S.T.B.』制作を依頼《いらい》した映画研究会の人だろう。

「みんなー！　爆弾《ばくだん》を止めたいかぁ！」

「おー！」

威勢《いせい》のいい返事が、いっせいに起こった。

栗井栄太のつくったゲーム——『ストップ・ザ・ボム《STOP THE BOMBS》』。

それは、名前が示すように、爆弾《ばくだん》の爆発《ばくはつ》を止めるゲーム。爆弾魔《ばくだんま》が大学内に隠《かく》した爆弾を見つけて処理するのがゲームの目的だ。

処理のしかたはかんたん。爆弾の上部には、赤と青のボタンがついている。解除ボタンと起爆《きばく》ボタンだ。

赤と青のどちらが解除ボタンかは、プレイヤーはわからない。

解除ボタンのほうを押《お》せば、爆発しない。爆弾処理終了《しゅうりょう》だ。爆弾がパカンと割れて、中からポイント数が書かれたカードと、ちょっとした駄菓子《だがし》が出てくる。

爆弾は、隠し場所の難易度によってポイント数がちがう。よりポイントを集めたプレイヤーが優勝するルールだ。

ただ、まちがって起爆ボタンのほうを押せば、爆発する。

まぁ、爆発といってもたいしたことない。爆弾の中の小麦粉が噴射《ふんしゃ》され、プレイヤーが粉まみれになる程度だ。

出品票に書かれていたことを思い出していると、また映画研究会の人の声がきこえてくる。

「爆弾処理に必要なのは、知識、経験！　しかし、もっとも重要なのは、度胸だ！」

——重要なのは、慎重《しんちょう》さと撤退《てったい》する勇気なんじゃないのかな……？

ぼくの疑問は、

「おー！」

みんなの威勢《いせい》いい声に、吹《ふ》き飛《と》ばされる。

やみくもに探すのは難度が高いので、爆弾《ばくだん》には微弱《びじゃく》な電波発信機がつけてあり、スマホに落としたアプリで探すことができる。

「……ぬるいね」

創也がつぶやく。

「出品票を読んで思ったんだけど、『爆弾』を名乗っているが、設定があまいよ。起爆《きばく》スイッチを押《お》したら、ハバネロをとかしこんだ液体が噴出《ふんしゅつ》されるぐらいにしなきゃ」

文句をいっているのだが、どこか安心しているような口調。

「プレイしようと思って来てみたけど、その価値はないかもしれないね」

肩《かた》をすくめる創也。

そのとき、ぼくの耳は、人混みの中でささやかれていることばをとらえた。男子学生ふたりが、顔をよせ合うようにして話している。

「……それ、ほんとうか？」

「いや……おれも、うわさできいたぐらいだから――」

ぼくは、耳を声のするほうにむける。

「就職活動全敗した工学部の奴《やつ》が、『大学のせいだ！』っていい出して、手製の爆弾《ばくだん》をしかけたって……信じられないよな」

「でもさ、ほんとうならヤバくないか？」

「そりゃヤバいよ。だけど、『本物の爆弾がまぎれてる』なんて話、学祭が始まった状況《じょうきょう》で話せるか？　パニックになるぞ」

ぼくは、まわりを見回す。

たくさんの人、人、人……。これだけの人数がパニックを起こしたら、爆弾が爆発《ばくはつ》するよりこわいかもしれない。

「どれぐらいの威力《いりょく》なんだ？」

「爆発はたいしたことない。ただ、爆弾の中に入ってる『NN－99』が飛び散るだけだそうだ」

「『NN－99』？」

「未知の猛毒《もうどく》ウイルスってうわさだ」

「……今すぐ逃《に》げだしたいんだけど」

「逃げてもむだだろうな。というのも……」

ここからは声が小さくなり、ききとれない。

話していた男子学生を中心に、ざわめきが広がっていく。

「創也……これ、ヤバいんじゃないか？」

ぼくのつぶやきに、創也がフッと笑う。

「落ちつきたまえ。これは、栗井栄太がしこんだデマだよ」

でま？

「爆弾処理《ばくだんしょり》を失敗しても小麦粉が吹《ふ》き出《だ》すだけ——これでは緊迫感《きんぱくかん》がたりない。だから、猛毒《もうどく》ウイルスのうわさを流して、よりスリリングなゲームにしようとしている」

「でも、そんなこと、出品票には書いてなかったぞ」

「わざと書かなかったんだよ。そのほうが、うわさに真実味が増すからね。それに、今の話を信じてるのは内人くんぐらいだよ。まわりをよく見てみたら、デマだとわかりながら楽しもうとしてるだろ」

創也にいわれて、まわりを見る。たしかに、ワクワクした顔の人がおおい。猛毒ウイルスのうわさを真剣《しんけん》に信じていたら、決してしない顔だ。

そのとき、

「セコいなんて、いうなよ」

ききなれた声。神宮寺さんを先頭に、栗井栄太ご一行さまが立っている。

「おれたちは、おもしろいゲームをつくるためならなんだってする」

笑顔《えがお》でいってるけど、〝覚悟《かくご》〟というやつがビシビシ伝わってくる。

「しかし、うれしいな。おまえらが『S.T.B.』をプレイしてくれるとはな?」

神宮寺さんが、創也の肩《かた》にポンと手をおく。

その手をはらいのける創也。

「はぁ? なにいってるんですか? プレイする気なんかありませんよ。ここにいるのは、たまたまです」

すぐバレる嘘《うそ》をつく。

神宮寺さんたちを無視して、ぼくの背中を押《お》す。

「ここにいても時間のむだだ。幼児教育研究科の餅《もち》つきイベントでも、見に行こう」

「卓也さんの餅つきか……。パワフルだろうな」

「一週間前から、ものすごくワクワクしてたよ」

逃《に》げるようにして、『S.T.B.』のブースから離《はな》れようとする創也。

「ちょ、待てよ。プレイしなくていいのか?」

神宮寺さんの声を無視する。

ぼくはため息をつく。

「すごい自信だな。栗井栄太のゲームから学ぶことはないってことか?」

「……ある意味、『学ぶことはない』というのは正解だ」

うつむいたまま話す創也。

「今のぼくらに、『S.T.B.』はレベルが高すぎる」

きびしい顔つき。ふりしぼるような声。

こんどは、ぼくが無言になる。


その後、いろんなことを頭からふりはらうように、大学祭を楽しむ。

おおくの模擬店《もぎてん》がならんだ通りを、歩きながら物色。

お好み焼きにタコ焼きなどの定番の店はもちろん、アメリカンドッグやポップコーン、からあげ、焼きトウモロコシ、鯛《たい》焼《や》きの屋台まである。

醤油《しょうゆ》やソース、あとなんだか得体の知れないにおいに、ぼくの胃袋《いぶくろ》は大いに刺激《しげき》される。

他にも、かき氷や綿菓子《わたがし》、リンゴ飴《あめ》、チョコバナナの店。ノンアルコールカクテルを売ってる屋台では、蝶《ちょう》ネクタイをつけた学生がシェイカーをふっていた。

ぼくら中学生には、考えることはできても実行まではできない数々の模擬店を見て、大学生ってすごいなと思う。

「創也、なにか食べるか？」

「いや……今は、いいよ」

小声で答える創也。

ぼくは、創也の首に腕《うで》を回してしめ上げる。

「あのなぁ……。『ミンチをなくして天丼《てんどん》を食う』って教えてやっただろ。『さんすくみ』の評価が気になるのはわかるけど、せっかくの大学祭——楽しまなきゃ損だぞ」

「うん……そうだな」

こんどの声は、さっきより大きかった。

ぼくは、まわりにいる人たちを指さす。

「ほら、よく見ろよ。スマホを、あちらこちらにむけてる人がいるだろ？　あれ、『さんすくみ』をプレイしてるんだぜ。みんな真剣《しんけん》な顔で、楽しそうじゃないか」

プレイしている人の中には、クラスメイトもいる。

それを見て、創也が笑顔《えがお》になる。

「内人くんのいうとおりだ。『ミンチをなくして湯麺《タンメン》を食う』——今は、学祭を楽しむのがベストだね」

ぼくは、ため息をつく。

「はずかしいまちがいをするなよ。〝湯麺《タンメン》〟じゃなく、〝天丼《てんどん》〟だ」

「………」

こんどは、創也がため息をついた。


陸上競技場のほうへ歩いていたら、クラスメイトがスマホ片手にウロウロしている。

「おぅ、内人に竜王。おまえら、なんのゲームやってんだ？」

なにもやってないと答えると、ぼくらにむかってスマホをつき出してくる。

「おれ、『さんすくみ』ってゲームやってんだけど、おまえらもやれよ。おもしろいぞ！」

ぼくは、創也を見る。その小鼻がふくらんでいる。

「『さんすくみ』ってネーミングはイマイチだけど、ゲーム自体はおもしろい！」

「………」

創也の小鼻が、元にもどる。

次に会ったのは、健一。……いや、最初は健一とわからなかった。髪《かみ》も顔も真っ白で、となりに真田女史が立っていなかったら、ぼくは話しかけなかっただろう。

「健一……。どうしたんだ？　なんで、真っ白？」

すると、健一はフッと笑った。本人はニヒルに笑ったつもりかもしれないが、真っ白で表情がわかりにくい。

「爆弾魔《ばくだんま》と戦った名誉《めいよ》の勲章《くんしょう》だ」

このことばで、すべてがわかった。

『S.T.B.』をプレイして、爆弾処理に失敗した健一は、吹《ふ》き出《だ》した小麦粉をまともにかぶってしまったわけだ。

「わたしは、赤のボタンを押《お》せっていった」

真田女史が、ボソッとつぶやく。

また、フッと笑う健一。

「男には、負けるとわかってもやらなきゃいけないときがあるんだ」

……いってる意味が、わからない。

首をひねるぼくと創也を見て、真田女史にきこえないよう、健一がぼくらにだけささやく。

「今朝の星占《ほしうらな》いで、ラッキーカラーが青だったんだよ」

ぼくは、これで納得《なっとく》したんだけど、創也はうなずかない。

「それだけで、健一くんが青を選ぶとは思えないな」

小麦粉の下で、健一の表情が動いたのがわかった。

さらに声をひそめていう。

「テレビの星占《ほしうらな》いで、『今日は恋愛運《れんあいうん》絶好調！　ラッキーカラーで思わぬ進展があるかもよ？』

――こういわれたら、どうする？」

迷わず青を選ぶ！　――ぼくは、心の中で拳《こぶし》をにぎりしめる。

創也もうなずき、健一の肩《かた》をポンとたたく。

「理解できたよ。――で、思わぬ進展はあったのかい？」

この答えをきく前に、真田女史の声がきこえる。

「次に見つけた爆弾《ばくだん》も、青のボタンを押《お》すの？」

すこしも迷わず、健一が答える。

「そうだよ」

ぼくは、心の中で、健一にエールを送る。

――がんばれ！　ここで、自分の意志をつらぬき通すんだ！

「わかったわ」

そういって、歩き出す真田女史。

ぼくは、心の中ではなく、声に出していう。

「自分の意志をつらぬいてる場合じゃないだろ！　早く追いかけろ！」

ぼくのことばをすべてきく前に、走り出す健一。

——がんばれ！　次は、真田女史にいわれるままにボタンを押《お》すんだ！

心の中でエールを送ったとき、

「なんだ、健一の奴《やつ》」

「真っ白じゃないか」

「爆弾処理《ばくだんしょり》に失敗したんだな」

クラスメイトの三人が、健一たちを見送っている。

「おまえらも、『S.T.B.』をやってるのか？」

ぼくの質問に、三人がうなずく。

創也が口をひらく。

「だけど、すこしも汚《よご》れてないね。爆弾解除すべて成功してるなんて、すごいじゃないか」

すると、三人はフッと笑った。本人たちはニヒルに笑ったつもりかもしれないが、なんだかクシャミをがまんしてるようでわかりにくい。

「おれたちが探してるのは、ふつうの爆弾じゃない」

「NN－99が入ってる奴だ」

「知ってるか、NN－99の爆弾のこと？」

そして三人は、ぼくらがきいたうわさ話を語る。

こんどは、ぼくがフッと笑う番だ。

「ひょっとして、三人は、そのうわさ話を信じてるのか？」

すると、こんどはフッではなく、ドハハハハハと笑った。

「信じるわけないだろ！」

「だれが、こんなうわさを――」

「小学生でも信じねぇって！」

大笑いする三人を見て、ぼくは深く傷つく。

創也が、なにもいわず、ぼくの背中をポンとたたいた。

三人のうちのひとりが、力強くいう。

「うわさがデマだとわかったうえで、あえて信じたふりをする！　これが、エンターテイメントだ！」

親指をグッとつき出す三人。

同じポーズで応える創也。ぼくは、沈黙《ちんもく》を守る。

三人がNN－99の爆弾《ばくだん》探しにもどった後、創也がなぐさめるようにいった。

「ユラさんの歌でもききにいこう。今、内人くんに必要なのはいやしの音楽だよ」

ぼくらの視線の先には、学祭のようすをうつし出すために設置された大型モニター。ちょうど今、画面が『カラオケバトル』に切《き》りかわった。ステージで熱唱するプレイヤー。熱狂《ねっきょう》する観客。とつぜん、歌が止まり、とまどうプレイヤーの上に小麦粉がふりそそぐ。

——なにが起こってるんだ？

ぼくらは、キャンパス北側に設営された特設ステージに急ぐ。

「これ、ふつうのカラオケ大会だろ？　どこがゲームなんだ？」

ぼくの質問に、創也がカラオケバトルのルールが書かれたビラを見る。

「『地雷《じらい》ワード』というものが決められている。地雷ワードの入った歌を歌ったプレイヤーは、ゲームオーバー。小麦粉がふりそそぐ」

——学祭期間中、いったいどれだけの小麦粉が消費されるのだろう……？

ぼくの頬《ほお》を、冷たい汗《あせ》が流れる。

「今、一回戦をやってるところで、地雷ワードは『翼《つばさ》』『あのころ』『大切』『同じ』『不器用』『瞳《ひとみ》』『自由』『涙《なみだ》』」

ステージ上部——プレイヤーからは見えない位置につけられた電光掲示板《でんこうけいじばん》。そこに、地雷ワードが表示されている。その横のバケツには、大量の小麦粉が入ってるんだろうな……。

「二回戦になると、地雷ワードは三倍に増える。最終的に生き残ったプレイヤーが優勝ってゲームだね」

……こんなドキドキするカラオケは、ヤダなぁ。

ステージを見ると、ちょうどユラさんと夏音の出番だった。

……ふたりが小麦粉で真っ白になるのは、ヤダなぁ。

「エントリーナンバー56。浦沢《うらさわ》ユラと北条夏音。『ヘビーローテーション』を歌います！」

マイクの前に立つ夏音。ユラさんが、会場のみんなにむかってスッと右手をあげる。

前奏が始まり、踊《おど》りはじめる夏音。

それに対し、ユラさんは、右手をふって大きな動作で指揮をとる。

ふたりの美少女の指揮とダンスに、観客が歓声《かんせい》をあげる。

そしてなにより夏音の歌声。ことば使い師といわれるだけあって、きいている者の心に染《し》みこんでくる。

「すごいな……」

つぶやくぼくの横で、創也は真剣《しんけん》な顔でふたりを見ている。いや、ふたりじゃない。正確には、ユラさんだ。ユラさんの指揮を見てるんだ。

——なにが気になるんだ？

ぼくも、ユラさんの指揮に集中する。

曲は、四拍子《よんびょうし》。『1』で『レ』の字を宙に書く。『2』で手を水平に動かし、『3』でななめ

ワード →
翼・あのころ・
不器用・瞳・

下。そして『4』で手を元の位置にもどす。

それのくりかえし。

――四拍子《よんびょうし》の指揮って、こんな感じだったかな?

間奏に入り、ユラさんが観客のほうを見る。

「みなさ~ん! いっしょに指揮をしてもりあげてくださ~い!」

その声に応えて、観客も手をあげて指揮をとる。

ぼくも創也もまねして手を動かす。しかし、スキップのできない創也に、リズミカルな指揮の動きをまねできるはずがない。

「ダメだ……」

創也がつぶやく。

「そう落ちこむなよ。だいじょうぶ、四百年ぐらい練習したら、創也にだってできるようになる」

はげましてやったのに、殺気をこめた目をむけてくる。

「気づかないのか、内人くん! この手の動き――五芒星《ごぼうせい》を描《か》いてる!」

「えっ?」

ユラさんと同じように、手を動かす。たしかに、手の軌跡《きせき》が宙に☆を描いている。

創也が、ステージ袖《そで》にいるスタッフに大声で叫《さけ》ぶ。

「五芒星《ごぼうせい》を描《か》いてるぞー！　学祭実行委員会がテロ行為《こうい》とみなしているリセットを、このゲームは支持するのかー！」

その声に、スタッフも観客もあたふたする。

「歌をやめさせろー！」

「ダメだ！　続けろー！」

やめさせようとする者たちと、続けさせようとする者たちのどなり合い。

ぼく個人としてはユラさんたちをもっと見ていたいんだけど、スタッフたちがふたりにかけよりステージから下ろそうとする。

しかし、それより早くユラさんと夏音はステージから飛びおり、観客の間に姿を消した。消す前に、こちらのほうをにらみつけたような気がした。ぼくらではなく、創也だけをにらんだと思いたい。

大さわぎのカラオケバトル会場。

ぼくらは、さわぎに巻きこまれないようあわてて避難《ひなん》。

「これで、はっきりしたことが一つだけある」

創也が、指を一本のばす。

「『頭脳集団』は、リセットを望んでいる。ふたりが学祭に来たのは、五芒星《ごほうせい》を描《か》いて護堂を呼ぶためだったんだ」

「じゃあ、リセットの内容を、ユラさんたちは知ってるのか？」

ぼくがきくと、創也はニヤリと笑った。

「その点は、直接会ってきけばいい。もっとも、教えてくれないだろうけどね」

「…………」

創也が、実行委員会からもらったビラを広げる。

「そろそろお昼だ。なにか食べようか」

道にならんでいる屋台だけじゃなく、学部棟《がくぶとう》の中でも食事ができるところがおおい。創也の指が、武道場横で止まる。

「ここで、『大食い大会』をやっている。出場したら、無料で食べられるんじゃないかな？」

このすばらしい情報に、ワクワクする。

「よし！　優勝を目指すぞ！」

武道場の横――ふだんは空き地になっているところに、特設ステージが設置されている。

創也が、大会規約を読む。

「楽しそうにおいしく大量に食べた人が優勝というコンセプトの大会だね。だから、決して無理して食べさせないし、審判《しんぱん》が苦しそうだと判断したときは失格にするみたいだ」

つまり、笑顔《えがお》で食べればいいわけだ。

「参加費は二千円。いちばんたくさん食べた人には、優勝賞金五万円。二位以下の参加者には、参加賞として記念ストラップを贈呈《ぞうてい》」

二千円の参加費ってことは、それ以上食べれば元は取れるってわけだ。

頭の中で、素早《すばや》く計算する。

模擬店《もぎてん》のメニューは、どれもこれも安い。千円分買えば、お腹《なか》いっぱいになるのは確実だ。二千円分食べるのは、かなりたいへんかもしれない。しかし、二千円以上食べたら元は取れる上に優勝したら五万円もらえる……。

頭の中で『損得計算専門コンピュータ』からチーンと音がして、計算結果が出た。

参戦だ！

ステージの上を見ると、すでに百人近い男女がステージ上に立っている。

『大食い大会』と書かれた法被《はっぴ》を着たスタッフが、ステージのまわりに集まった人たちに呼びかける。

「さぁ、まもなく参加者をしめきります。われこそはと思われる方は、どうぞステージへぼくは大きくうなずき、創也にいう。

「行ってくる！」

「待ちたまえ！」

創也が、ぼくの服をつかむ。

「なんだよ～！　せっかく、かっこよく出陣《しゅつじん》しようと思ったのに――」

文句をいうぼくに、創也がステージ上を指さす。どこかで見たことのある女の人。

梨田《なしだ》先生！

ぼくの動きが止まる。

創也の冷静な声が、耳に入ってくる。

「梨田先生がいるかぎり、内人くんの優勝は絶対にない。出場はあきらめたまえ」

「いや、優勝しなくても、二千円分食べたら元は取れるから、出る意味はある！」

すると、また創也がステージ上を指さす。

ステージ上のはしに立っている女性――麗亜《れいあ》さん！

スタッフが、声高らかにいう。

「今回、料理を提供するにあたり、特別アドバイザーとして冒険小説家《ぼうけんしょうせつか》の鷲尾《わしお》麗亜先生が参加
――！」

してくださいました！」

「おおー！」

大歓声《だいかんせい》が起こる。いや、きみたち、わかって歓声をあげてるのか？　その場のノリで、声を出してないか？

「鷲尾先生は、世界の料理に精通しています。その知識と体験を、今日の料理にも活《い》かしてくださっています！」

「おおー！」

──えぇー！

麗亜さんの料理……。それを食べることは、死を意味する。

ぼくは、特設ステージのまわりを見る。救急車は待機していない。せめてもの救いは、医学部が間近にあることだろう。

「行かないのかい？」

創也の質問に、ぼくは首をはげしく横にふる。

そして、これから起こるであろう惨事《さんじ》を思い、心の中で手をあわせる。

後《のち》に、『M大学かたすとろふぃ』と呼ばれる大惨事《だいさんじ》が起こるのは、三十分後──。

出場者のうめき声。担架《たんか》を持って走りまわるスタッフ。学祭中に緊急《きんきゅう》特別大召集がかかる医学部学生。悲鳴と怒号《どごう》がうず巻く中、うれしそうに食べ続ける梨田先生。

幸いなことに、全員が入院治療《ちりょう》だけで回復し、死人は出なかった。

当時を記録する写真が、ぼくの手元に残っている。

うれしそうな梨田先生。その両手をあげて、優勝をたたえる麗亜さん。この写真を見る限り、そのかげで起こっていた惨劇《さんげき》までは、伝わってこない。


野戦病院のようなさわぎが収まり、ぼくらは特設ステージを離《はな》れる。

すでにゲームの投票が始まっていて、ぼくも創也も、落ちつかない。そのためか、空腹も感じない。

これからどうしようか迷ってると、

「竜王く〜ん、内藤《ないとう》く〜ん」

梨田先生が、走ってきた。

肌《はだ》つやのいい梨田先生。麗亜さんの料理からも栄養を吸収できる体が、すごい……。

「おふたり、お昼はすませましたか？　なんなら、おごってあげましょうか？」

優勝賞金を手にした梨田先生は、ニコニコ笑顔《えがお》だ。麗亜さんの料理にたおれた参加者のことなど、すこしも気にしていない。

「いえ、ぼくたちはお腹《なか》いっぱいですから――」

打ち合わせもしてないのに、ぼくらの台詞《せりふ》は同調《シンクロ》する。

「そう。それはざんねんですね」

スマホを出す梨田先生。

「あら、もうこんな時間じゃないですか。そろそろ、MGCの結果発表ですよ」

大食い大会のドタバタでそれどころじゃなかったけど、午後二時五十五分だ。

梨田先生が走り出す。ゴムまりがはずむみたいに、すごいスピードだ。

ぼくは、あわてて追いかける。創也は、ゼハゼハしながらついてくる。

結果発表は、体育館で行われる。スマホに入れたアプリを使えばどこでも見られるし、いろんなところに設置された大型モニターにもうつし出されるんだけど、やっぱり生で感じたい。

シートがしかれているので、靴《くつ》をはいたまま体育館に入れる。ぼくらがついたとき、フロアはおおくの人でうまっていた。

ステージの上には、MGCを主催《しゅさい》する文化系サークル連合会の人。そして、五つのゲームを出品した団体の人たち。南野さんたち文芸部の人たちもいる。

フロアを見ると、栗井栄太ご一行さまが目に入る。やっぱり、審査結果《しんさけっか》が気になるのだろう。

ぼくと創也は、彼《かれ》らに見つからないようフロアを移動し、ステージに近づく。

午後三時――。

マイクを持ったスタッフがステージ中央に出る。

「ゲーム愛好家の皆《みな》さま――。ただいまより、MGC優勝ゲームの発表をいたします」

続いて、選考方法を話す。

「それぞれのゲームをプレイした方々から、満足度や完成度、魅力《みりょく》など十個の項目《こうもく》を採点していただきました。その集計結果が出ましたので、報告させていただきます。なお、優勝したゲームには、賞金九十八万円と、明日一日プレイされるという栄誉《えいよ》が授与《じゅよ》されます」

九十八万円という金額に、フロアがざわつく。

「ゲーム愛好家の皆さま。明日は一日、優勝ゲームを楽しんでください！」

「おー！」

盛大《せいだい》な歓声《かんせい》を受け、一礼するスタッフ。

ぼくは、創也にいう。

「いよいよだな」

「………………」

返事はない。

「優勝……するよな？」

「………」

これにも無言だ。

いつもの創也なら、「とうぜん、優勝！」と笑顔《えがお》も見せずに答えるところだ。

ぼくは、創也の肩《かた》に手をおく。かすかに、その肩がふるえている。

「………」

ぼくは、そのまま手をのばし、創也の首に腕《うで》を回しヘッドロックをかけた。

「なに弱気になってんだよ！　ぼくは、優勝賞金でなにをするかで頭がいっぱいだぜ！」

「……無理するな」

創也の引きつったような笑顔。

そういわれて、気づいた。ぼくの肩も、微妙《びみょう》にふるえている……。

「結果発表をする前に――。合唱部制作の『カラオケバトル』は、リセットをテロ行為《こうい》と見なす実行委員会の裁定で、失格となったことを報告させていただきます」

フロアがざわつく。

さざ波だったざわつきが、だんだん大きくなる。

――なんだ？　なにが起きてるんだ……？

そして、気づいた。ステージの上のモニターに、こんなメッセージがうつし出されている。

なんだ……。みんな、護堂に来てほしくないのか。


これって……『護堂を待ちながら』の作者――厄子《YAKUSI》からのメッセージ？

あとでわかったのだが、このメッセージは体育館だけでなくキャンパス中のモニターにうつし出されたようだ。

「もう……護堂は来ないのか……」

あきらめのようなささやきがきこえる。

だれかがつぶやいた。

「護堂は気まぐれ」

そのつぶやきで、ざわついていたフロアが静かになっていく。

すっかり落ちついた体育館。

ステージ袖《そで》から届けられた書類を、マイクを持ったスタッフがひらく。

「それでは、第三位を発表します」

その声に、ぼくの心臓は止まりそうになる。

「第三位は、映画研究会『M.U.C.C.』制作の『S.T.B.』です」

歓声《かんせい》とどよめき。そして、拍手《はくしゅ》。

それらを打ち消す、

「なんで、三位なのよ！　おかしいでしょ！」

麗亜さんの大声。

柳川《やながわ》さんたちと赤い法被《はっぴ》を着た屈強《くっきょう》な男たちが麗亜さんを制圧する。そのようすを、沈着冷《ちんちゃくれい》静《せい》にカメラで撮影《さつえい》する『M.U.C.C.』。

麗亜さんが体育館の外に連れだされ、体育館に静けさがもどった。

「栗井栄太が三位……」

ぼくのつぶやきに、創也がうなずく。

「これは、予想外だ。ぼくは、梨田先生のゲームが三位だと思っていた」

その声には、どこかホッとした感じがある。

栗井栄太と梨田先生――創也としたら、こわいのは栗井栄太。その栗井栄太が三位になったということは……。

マイクを持ったスタッフが、なにごともなかったかのように続ける。

「続いて第二位は、サバ研の『鯖威張《さばいば》るゲーム』です」

おおー！　梨田先生が二位！

ということは――。

「創也！」

興奮するぼくの横で、創也が眼鏡の位置を直す。

「落ちつきたまえ、内人くん。みっともないよ」

そういう声が、かすかにふるえている。

大きく息を吸う創也。ぼくは拳《こぶし》をギュッとにぎる。

「そして第一位！」

マイクを持ったスタッフがいった瞬間《しゅんかん》、頭の中でドラムロールが鳴りひびく。心の中で、クラッカーのひもに手をかける。

よし、準備万端《ばんたん》だ！

「今年のＭＧＣ優勝は、出前研究会の『出前ゲーム』です！」

……あれ？

心の中で、クラッカーを鳴らそうとした手が止まる。フロアで起こる歓声《かんせい》と拍手《はくしゅ》が、耳に入ってこない。まるで、時間が止まったみたいだ。

「創也……」

声をかけても、反応がない。創也も、凍《こお》りついている。

「出前研究会のみなさん、おめでとうございます！」

ステージの上では、小おどりしてよろこんでいる出前研究会の人たち。その中からひとりの女性がマイクを持ったスタッフの前に出る。

ショートボブの髪《かみ》を緑色に染めた女性。髪と同じ色のチェックのシャツを、ゆったり着ている。

「それでは、出前研究会会長の丘本千尋《おかもとちひろ》さんに賞金九十八万円を授与《じゅよ》します。おめでとうございます」

マイクを持ったスタッフから賞金の入った封筒《ふうとう》を受け取る丘本さん。

「今のお気持ちは？」

そうきかれて、丘本さんは素っ気なく答える。

「もっと退屈《たいくつ》しのぎになるかと思ったのに……ざんねん」

意外な答えに、フロアがざわめく。

場を取りつくろうように、マイクを持ったスタッフがいう。

「明日は、優勝した『出前ゲーム』を一日プレイすることができます。楽しみにしている方もおおいと思うので、丘本さんからなにか一言メッセージをいただけますか」

この瞬間《しゅんかん》、丘本さんが微笑《ほほえ》んだ。
スタッフからマイクをうばうと、静かな口調でいう。
「わたしは『出前ゲーム』を用意した。あとは、好きにしなさい」
放り投げるようにして、マイクをスタッフに返す。
――この人が優勝したゲームをつくった人……。
ぼくと創也は、拍手《はくしゅ》することも忘れ丘本さんを見ていた。

07　出前研究会会長　その名は丘本千尋《おかもとちひろ》。

賞金を受け取る前も受け取った後も、丘本さんは無表情。

出前研究会の人たちのところにもどると、賞金が入った封筒《ふうとう》をわたす。優勝にも賞金にも、まったく興味がないようだ。

ステージからは、出前研究会をたたえる「出前！　出前！　――」というコールが起こっている。

それを、我関せずという雰囲気《ふんいき》でステージを去る丘本さんと出前研究会の人たち。

スタッフが、最後のことばをいう。

「明日は、朝から『出前ゲーム』を楽しんでください！」

それを合図に、人々が体育館を出ていく。

でも、ぼくと創也《そうや》は動けない。体の動かし方を忘れてしまったような感覚……。

ステージから降りてきた南野《みなみの》さんが、ぼくらのところに来た。

「竜王《りゅうおう》くん、内藤《ないとう》くん、おつかれさまでした」

笑顔《えがお》の南野さん。

ぼくがなにかいう前に、創也が動いた。

「すみませんでした」

そして、深々と頭を下げる。

ぼくはおどろく。天上天下唯我独尊野郎《てんじょうてんげゆいがどくそんやろう》の創也が、こんなに真剣《しんけん》に頭を下げるなんて……。

でも、もっとおどろいたのは、ぼくも同じように頭を下げていたことだ。

「ほんとうにすみません。優勝できるゲームをつくる約束だったのに、果たせませんでした」

創也のことばに、南野さんが軽く手をふる。

「いいんですよ。おふたりは、一生懸命《いっしょうけんめい》やってくださいましたし——」

「…………」

「それに、『さんすくみ』は、とてもいいゲームです。優勝は逃《のが》しましたけど、プレイした人たちは楽しかったという声をよせてくれてます」

「…………」

なにをいわれても、ぼくたちの気持ちは晴れない。

創也が、頭を下げたまま質問する。

「『さんすくみ』は、何位だったんですか？」

「四位です。でも、三位との差はすこしでしたよ」

〝すこし〟ということばの意味を、ぼくらはどう解釈《かいしゃく》したらいいのか……。

だまりこんでしまったぼくらに、南野さんがいう。

「今年のMGCは、護堂《ごどう》のおかげで例年とはちがうものになってしまいました。まったくざんねんです。例年のMGCなら、『さんすくみ』の評価は、もっと上でしたよ」

ありがとうございます、南野さん。でも、ぼくらは、自分たちのつくったゲームのレベルをわかってますから――。

創也がきく。

「あの人――優勝したゲームをつくった丘本って、どんな人なんです？」

「そうですねぇ……」

ことばを探す南野さん。

「一言でいえば……『天才』ですね」

天才――そのことばに、ぼくは衝撃《しょうげき》を受ける。

創也を横目で見る。無表情の創也。

南野さんが、明るい声でいう。

「ありがとうございます。おふたりのおかげで、今年の大学祭は、とても楽しいものになりました」

頭を下げる南野さん。

「明日、よければ、おふたりもプレイしてください」

「………」

「この大学祭が終われば、もっと就職活動に力を入れなければいけません。最後に、こんなに楽しい思い出ができて、わたしは幸せです。ありがとうございました」

南野さんが、創也の手を取る。次に、ぼくの手……。

ぼくらは顔を上げることができなかった。


気がつけば、ぼくらは陸上競技場の芝生《しばふ》に寝転《ねころ》んでいた。

まわりを、たくさんの人が移動している。きこえてくるのは、祭りの喧噪《けんそう》——。

空にうかんだ雲が、ゆっくりゆっくり移動している。

ぼくは、とてもつかれている。このまま、地面に沈《しず》んでいくようだ。

せいいっぱいやったから悔《く》いはない——そんなことをいう気持ちじゃない。

——これが限界だったか？　まだやれることはあったんじゃないか？　見落としていたことは

なかったか？

時間がたてばたつほど、後悔《こうかい》が増えてくる。その反面、やる気とか元気とか……気力だけがなくなっていく。

となりに寝転《ねころ》んでいる創也も、同じような気持ちなんだろう。

——ふう……。

ため息をついていると、頭の中におばあちゃんが現れた。唐突《とうとつ》に質問してくる。

「水、食料、体力は？」

「ここは山じゃないからね。ぜんぶあるよ」

投げやりに答える。

「ないのは、気力だけかい？」

うなずくと、

「ぜいたくな話だね」

吐《は》きすてるようにいって、おばあちゃんは消えた。

——なるほど、たしかにぜいたくだ。

おばあちゃんは、よくいっていた。水や食料は、どれだけ望んでも手に入らないときがある。でも、気力だけはべつ。気の持ちようで、なんとでもなるって——。

大きく息を吸い、ためた空気を全身に送る。そして、ネックスプリングで大地に立つ。

「創也、起きろ！」

寝転《ねころ》がってる創也を足でゲシゲシする。

「なんだよ……」

ジトッとした目をむけてくる創也を、無理矢理立たせる。

「今から爆食《ばくぐ》いしようぜ！　食べるだけ食べたら――」

ぼくは、引きつる笑顔《えがお》を創也にむける。

「次のゲームをつくろうぜ！」


ぼくらがむかったのは、『M大旗亭《エムだいきてい》』。

M大旗亭は、民間が経営する大学内にある食堂だ。大学創設時からあるそうで、ふだんから、学生だけでなく近所の人たちも利用している。

「ぼくの調査だと、おすすめはからあげ定食だな」

貴重な情報を披露《ひろう》すると、

「その手の調査は、積極的なんだね」

創也の皮肉が返ってきた。

おおくの人でにぎわうM大旗亭。店外にまでテーブル席がつくられ、大盛況《だいせいきょう》だ。

とくにもりあがってるテーブルがある。栗井栄太《くりいえいた》ご一行さまが、テーブルに山のような料理をならべている。

「…………」

ぼくと創也は、人混みを利用して姿を消そうとしたのだがおそかった。

「よぉ」

すばやく席を立った柳川《やながわ》さんが、ぼくらの前に立ちはだかった。

神宮寺《じんぐうじ》さんが、テーブル席からブンブン手をふっている。

「おまえらも飯か？　こっち来いよ！　おごってやるぞ！」

まわりを見る。逃《に》げ道《みち》は……見つからない。

柳川さんに連行され、ぼくらは栗井栄太ご一行さまのテーブルに行く。ジュリアスが、となりのテーブルから持ってきてくれたいすに座《すわ》る。

「なんでも食っていいぜ」

そういう神宮寺さんは笑顔《えがお》だ。

「さすが、ナオトさん！　太っ腹！」

こう答えたのは、ぼくらではない。

梨田《なしだ》先生だ。ガラガラといすを引きずってきて、テーブルにつく。近づいてきたウエイトレスさんに、矢継《やつ》ぎ早《ばや》に注文する。

「オムライスとエビフライ定食。ナポリタンは、大盛りにしてください。飲み物は、ビーフシチュー。あと、帰《かえ》り際《ぎわ》にカニクリームコロッケ弁当を二つお願いします」

――あれだけ麗亜《れいあ》さんの料理を食べた後なのに、まだ食べられるのか……。

ぼくの頬《ほお》を、冷たい汗《あせ》が流れる。

明治時代の女学生のような和服のウエイトレスさん。うやうやしく頭を下げる。

「うけたまわりました」

ぼくと創也は、遠慮《えんりょ》がちにコーラと紅茶を注文する。

梨田先生が、神宮寺さんにきく。

「それで、ナオトさんたちはなにしてるの？　勝てなかったから、ヤケ食い？　それとも反省会かしら？」

どうやら、図星だったようだ。

ハムカツをかじっていた麗亜さんが、梨田先生に吠《ほ》える。

「そういうあなたは、どうなの？　勝てなかったのは、同じでしょ？」

飛び散るハムカツを気にせず、梨田先生が答える。

「だから、ヤケ食いして反省会をしに来たんですよ」

「………」

「わたし、ゲームも、ゲームをつくる人間も大きらい。殺したいぐらい憎《にく》んでる。でも、自分がつくったゲームが一番じゃないってのは、もっときらい。自分自身が許せない……」

静かな口調だが、とても強い負のオーラを感じる。

麗亜さんが、だまる。いや、麗亜さんだけじゃない。栗井栄太ご一行さまは沈黙《ちんもく》する。

なんとか口をひらいたのは、ジュリアスだ。

「どうして、ぼくらは負けたんです?」

それは、だれか特定の人にきいたというより、ひとりごとのようだ。

「わたし、今ならわかりますよ」

梨田先生が、届いた料理を前に、箸《はし》を持つ。

「わたしやナオトさん、竜王くんたちが勝てなかったのは、情報不足」

「情報不足? まさか? おれたちは完璧《かんぺき》な調査をして『S.T.B.』をつくりました。たりない情報なんか、なかったはずです」

神宮寺さんがいう。

「その情報の中に、〝M大学への愛情〟はあったかしら?」

梨田先生にきかれ、神宮寺さんが、ハッとしたように口をとざす。

「大学生って、自分の学部についてはわかるけど、他の学部や施設《しせつ》についてはよく知らないの。『出前ゲーム』――M大の場所から場所へ品物を運ぶだけの単純なゲーム。でも学生たちは自分の大学をより知ることができるし、一般《いっぱん》の来客は大学というものを知れた。さすが、現役《げんえき》のM大生がつくっただけのことはある。MGCで優勝するのにふさわしいゲームだと思うわ」

創也が、梨田先生を見る。

「丘本さんについて、教えてください」

「………………」

梨田先生は、皿から顔を上げない。

創也が、かまわず続ける。

「文芸部の南野さんがいってました。丘本さんは天才だって――。梨田先生も、そう思いますか?」

「天才?」

エビフライをカットしていた梨田先生の手が止まる。

「なるほど。たしかに、丘本さんを評するのに『天才』ということばはふさわしいかもしれませんね」

ナイフを持っていた手を、創也にむける。

「わたしのミスは、彼女《かのじょ》がMGCに参戦することを知らなかったことです。でなければ、わたしのゲームが負けるはずありません」

にこやかな笑顔《えがお》なのだが、そのことばは、鋭利《えいり》な刃物《はもの》のようなするどさがある。

「丘本さんは、法学部の三年生。ほとんど講義には出ずに、いつも図書館で勉強してます。彼女を見たかったら、図書館に行けば会えますよ」

梨田先生は、〝会いたかったら〟ではなく〝見たかったら〟ということばを使った。それだけで、丘本さんをどう思っているのかがなんとなくわかる。

「大学祭の期間中でも、図書館にいるんですか？」

「そんなこと、彼女に関係ありません。MGCの結果が出たし、いつもどおり図書館にいるはずです」

フォークに持ちかえると、ナポリタンの皿にむかう梨田先生。

ぼくは、創也を見る。〝猪突猛進《ちょとつもうしん》の大馬鹿野郎《おおばかやろう》モード〟になったときの顔をしている。

立ち上がる創也。ぼくも、軽くため息をついてから、席を立つ。

「見に行くんですか？」

梨田先生にきかれ、創也が無言でうなずく。

神宮寺さんが、口をはさむ。

「会ってどうするんだ？　自分たちのゲームが負けた理由を調べるのか？　やめとけ、むだだ」

肩《かた》をすくめる神宮寺さん。

「『出前ゲーム』が優勝したのは、いってみればローカルルールに助けられたようなもんだ。でなきゃ、おれたちの『S.T.B.』が優勝してたんだ」

「きき捨てならない」

フォークに巻きつけた、毛糸玉のようなナポリタンを口に入れる梨田先生。一瞬《いっしゅん》で咀嚼《そしゃく》し、神宮寺さんにいう。

「ナオトさんたちのゲームは三位。わたしのゲームは二位。ローカルルールがなければ、優勝していたのは『鯖威張《さばいば》るゲーム』よ」

「おことばを返すようですが――」

神宮寺さんが、おそるおそるという感じでいう。

「奈亜《なあ》さんがつくったのは、ただのサバゲーです。とても、師匠《ししょう》の娘《むすめ》さんがつくったとは思えませんね」

「フッ」

梨田先生は鼻で笑い、二個目の毛糸玉――ではなく、ナポリタンを口に入れる。

「わたしが、ただのサバゲーをつくると思うの？」

「どんなサバゲーでも関係ねぇ」

こう答えたのは柳川さん。

「おれなら、かんたんにクリアできる」

「柳川先生、まるで軍人みたいなことをいうんですね」

梨田先生が、また鼻で笑う。この感じだと、柳川さんが傭兵《ようへい》したりしているのを知らないようだ。

「試《ため》してみるか？」

挑発《ちょうはつ》するように、柳川さんがいう。

梨田先生は、きれいにナポリタンをかたづけると、スマホを出した。

「サバ研のみんな、まだ残ってる？　今から『鯖威張る《さばいば る》』やりたいって人がいるんだけど……。だいじょうぶ？　じゃあ、すぐに行くから。あっと――」

スマホから神宮寺さんたちに視線をむける梨田先生。

「プレイするのは、柳川先生と――。ナオトさんは？」

手をあげて答えるのは麗亜さん。

「はい、はい！　わたし、やる！」

それを見た神宮寺さんは、笑顔《えがお》をうかべ、首を横にふる。

「ぼくは――」

口をはさもうとしたジュリアスの肩《かた》に手をおく。

「やめておけ。ウイロウと姫《ひめ》が参加するサバゲーだぞ」

「………」

ジュリアスが、神宮寺さんと同じような笑顔をうかべ、首を横にふる。

梨田先生が一つうなずき、スマホにむかっていう。

「プレイヤーは、わたしを入れて三名。よろしくね」

通話を終える梨田先生。

柳川さんが、あたりを見回す。

「あれ？　内藤、おまえは参加しないのか？」

このときのぼくは、すでに柳川さんの射程距離外《しゃていきょりがい》に移動している。

セーフ！

大学の図書館は二つある。そのうちの大きなほう――第一図書館に、ぼくらはむかった。

地下一階、地上三階建ての図書館。

学祭期間中でもあいているし、利用する学生がいる。こういうところが大学なんだなと、ぼくは思った。

ガラス張りの広い玄関《げんかん》を通って、書架《しょか》がならぶホールへ。

「丘本さん、どこにいると思う?」

「……………」

創也はまわりを見回し、ラーニング・コモンズという学生たちが勉強できるスペースにむかう。

ひっそり静まりかえった館内。ぼくと創也の足音だけが、かすかにひびく。

そして、ぼくらは見つけた。

ラーニング・コモンズのいちばん奥《おく》。林立する書架の角度で見えにくい一角。まるで、本の森に隠《かく》れるようにして丘本さんは座《すわ》っていた。

机に本を山積みし、広げたノートになにかを書いている。

ぼくらが近づいたのに気づいたのか、顔を上げる。その動きにつれて、緑色の髪《かみ》がサラリとゆれる。

「おどろいたことが二つ。一つは、学祭期間中なのに、図書館に来る人がいたこと。もう一つは、それが中学生の二人組だったこと」

それだけいって、またノートに目を落とす。

「あの……教えてほしいことがあるんですけど——」

口をひらいたのは、創也ではない。ぼくだ。

「あなたのピアスについて、教えてください」

ぼくは、丘本さんのピアスを指さす。右耳に「左」、左耳に「右」と漢字で書かれたピアス。

「どうして、右耳に『左』ってピアスをつけてるんです？　右と左が、逆転してません？」

丘本さんが、顔を上げる。

そして、魅力的《みりょくてき》な微笑《ほほえ》みを、ぼくらにむける。

「左右逆だと、初対面の人がつっこんでくれるでしょ」

いたずらっ子のような笑顔《えがお》。「作戦成功」と顔に書いてある。

「どうぞ——。わたしを見に来たんでしょ？」

丘本さんも、〝会いに〟ではなく〝見に〟を使う。

むかいの席を手で示す丘本さん。

ぼくらが座《すわ》ると、彼女《かのじょ》はノートをとじ、両手を組む。

「わたしを見に来たのなら、もう満足？　それとも、まだなにかききたいことあるの？」

「……あなたは」

口をひらいた創也が、咳《せき》こむ。緊張《きんちょう》して、うまく話せないようだ。

大きく咳払《せきばら》いして、続ける。

「あなたが、『出前ゲーム』をつくったんですね？」

うなずく丘本さん。

しばらくの沈黙《ちんもく》。それを破ったのは、丘本さんだ。

「それだけ？」

「ぼくには、わからないんです」

ひとりごとのようにつぶやく創也。

「『出前ゲーム』の出品票は、チェックしてありました。失礼ですが、出前のおかもちを運ぶだけのゲーム——とても優勝するとは思っていませんでした。たとえM大学の施設《しせつ》を紹介《しょうかい》するというおもしろさがあったとしても……」

だまってきいている丘本さん。

創也が、丘本さんを真正面から見る。

「なのに、『出前ゲーム』が優勝した。ぼくには、その理由がわからない」

「………」

「そのわけを、教えてください」

かすかにため息をつく丘本さん。

その表情が、「教えても理解できないでしょ？」といっている。

丘本さんが、こめかみを指先でとんとんとたたいた。それは、ぼくらのレベルにあわせて会話できるよう、脳を調整しているようなイメージ。

「文芸部が、中学生にゲーム制作を依頼《いらい》したって話はきいてるわ。『さんすくみ』をつくったのは、あなたたちね？」

ぼくらは、うなずく。

「安心して。今回のＭＧＣの結果に、ゲームのレベルや完成度は関係ない。わたしにいえるのは、それだけ」

微笑《ほほえ》む丘本さん。

創也が、しばらく考えて、まったくちがう質問をする。

「丘本さんは、護堂について知ってますよね？　リセットについて、どう思います？」

「おもしろいわ」

それは、今まできいたことのないタイプの答え。

また、創也が考える。そして、口をひらく。

「つまり……リセットしたいということですか？」

すると、丘本さんはキョトンとした顔になる。

「わたしは、べつに護堂を呼びたいわけでもないし、リセットしたいわけでもない。ただ単に、『おもしろい』と思うだけ。人間が、リセットを起こしたいのなら起こせばいい。わたしには、関係ない」

理解できないというように、首を横にふる創也。

「人間がなにをしようが関係ない。まるで、ご自分は人間ではないといいたげなことばですね。神にでもなったつもりですか？」

「そうよ」

「…………」

あっさりした答えに、ぼくと創也は反応できない。

「神は、世界を創る。すべてを、思うままにコントロールできる。おもしろいと思わない？」

「…………」

「ゲームも同じ。プレイヤーは、わたしが創った世界で、右往左往する。とてもおもしろいと思って、出前ゲームをつくった。でも……つくるまではおもしろかったけど、できちゃったら飽《あ》きちゃった」

そして、答えるのにも飽きたというように、ノートを広げる。

ぼくと創也は、彼女《かのじょ》の次のことばを待つ。でも、丘本さんは、すごいスピードでなにかを書いているだけ。

創也がきく。

「あなたは、護堂が来ると思ってますか？」

丘本さんが、ノートから顔を上げる。

微笑《ほほえ》んだ表情。まるで、モナリザだ。

「ただのうわさ。それに、リセットなんか起こるはずないわ」

それは、本心を答えてるのか？　ぼくには、わからない。

「他に質問は？」

「…………」

ぼくらは、軽く頭を下げ、背中をむける。

「工学部には行ってみた？」

丘本さんの声に、ふりかえる。

ぼくは、頭の中にM大学のキャンパスマップを広げる。

工学部は、キャンパスのほぼ中心に位置している。

そんなところで、実験に失敗して爆発事故《ばくはつじこ》でも起きたら、M大学は全滅《ぜんめつ》するんじゃないか——

なんて思ったりもした。

「電子情報棟《でんしじょうほうとう》に入ってみることをおすすめするわ」

創也がきく。

「どうしてです？」

丘本さんは、微笑《ほほえ》んだまま答えない。

答えたら、おもしろくないでしょ？　――いたずらっ子の笑顔《えがお》が、そういっている。

08　大学祭初日の終わりと二日目の始まり――それぞれの風景。

図書館を出たぼくらは、工学部にむかう。

とちゅう、たくさんの人とすれちがう。みんな、興奮した表情だ。まるでワールドカップのスポーツ会場に行く人みたいに――。

頭の中に、キャンパスマップを出す。みんなの行くほうにあるのは、合宿所に歴史資料館、クラブ棟《とう》とかだけど……。

「なにかあるのかな？」

ぼくのつぶやきに、創也《そうや》も首をかしげる。

このとき、ぼくらは知らなかった。『鯖威張《さばいば》るゲーム』の会場が歴史資料館で、後《のち》に『夕暮れのキャンパスは血の赤に染まる』と呼ばれる惨事《さんじ》が起きていたことを――。

工学部には、建築学科棟や機械工学棟など、大きな建物が九つ立っている。電子情報棟はその中でもいちばん高い。

ぼくは、手をあげてきく。

「創也先生！　電子情報棟《でんしじょうほうとう》って、どんな勉強するとこなんですか？」

「ぼくもくわしくないけど、ロボットをコントロールしたり、コンピュータで問題解決するエンジニアを養成したりするところだと思うよ」

ふ～ん、そうなんだ。とは思ってみたものの、さっぱりわからない。

「で、丘本《おかもと》さんは、どうして電子情報棟に入ってみろっていったんだ？」

「………」

創也は答えない。

――まぁ、入ってみたらわかるか。

ふだんはセキュリティの関係でなかなか入れないんだろうが、学祭期間中ということで、中に入るのはかんたんだった。

マイコン部やロボット研究部が自作のゲームやロボットを発表しているのは、いかにも工学部らしい。

工学部体育会連合会が、アームレスリングの大会をやってるのは、工学部らしいようならしくないような……。

「創也、マイコン部のゲームを見なくていいのか？」

「今は、そんな気分じゃない」

素っ気ない返事が返ってきた。

ぼくは次世代知能科学研究部の部屋をのぞく。未来風の衣装《いしょう》を着たマネキン人形がならんでいて、未来世界の高級ブティックに入ったようだ。

「この部屋、なんだ？『ＳＦっぽい部屋をつくってみた』――ってやつ？」

ぼくがきくと、先へ進もうとしていた創也が、足を止める。

そして、次世代知能科学研究部の部屋へぼくを連れこみ、一体のマネキン人形の前に立った。

学生服を着た少年の人形だ。

「これは、ＡＩを組みこんだ人形だね。部屋の表のプレートをザッと読んだんだけど、個人の話し方や動作をロボットに移植する実験をやってるんだよ」

――つまり、ＳＦですね。

ぼくのニコニコした顔を見て、創也が軽くため息をつく。

そして、マネキン人形の肩《かた》をポンとたたく。

「ぼくの苦労がわかるかい？」

「くされ縁《えん》ってやつだね」

マネキン人形が答えた。

ぼくはおどろく。人形が話したことにおどろいたんじゃない。その声が、創也にそっくりだったからだ。

創也が、続けてマネキン人形に話しかける。

「内人《ないと》くんのデータも取れた？」

「楽勝だよ」

……人形から出たのは、ぼくの声だった。

ぎこちない動作で、人形がVサインを出した。

創也がいう。

「たいしたもんだね。ぼくと内人くんの会話をきいて学習し、ここまで声を似せることができるんだからね。とうぜん、動きも学習できる。問題は、それを再現できるボディをつくることだね」

——つまり、SFですね……。

「あと十年——いや、五年で、世界は変わるよ」

人形が片手を広げ、創也の声でいった。

想像すると、おもしろいようなこわいような……。

次世代知能科学研究部の部屋を出たら、ソースと青のりのにおい。

目をつぶってにおいのするほうへ足を進めたら、『機械工学科による真球タコ焼き実験室』と看板がかかったホールについた。

広いホールの中央に、プラスチックの成型に使うような巨大《きょだい》な機械が設置されている。イメージは、パネルやメーターがついたコンテナ。上部に四か所、煙突《えんとつ》がついている。

機械のまわりには、三十ほどのテーブル席。ほとんどが、うまっている。その間を、タコ焼きのイラストが描《か》かれた法被《はっぴ》を着た学生が、いそがしそうに動き回っている。

ぼくは、機械を指さし、創也にきく。

「あれで、タコ焼きつくるのかな？」

鉄板は見当たらない。機械に内蔵されているのだろうか。

「ふつうのタコ焼きじゃないよ。〝真球タコ焼き〟だ」

「なんだ、〝真球〟って？」

「完全な球体のことだよ。ベアリングボールみたいに、極《きわ》めて真球に近い物体はあるけど、真球そのものは、この世には存在しないといわれている」

「それを、タコ焼きでつくろうってしてるのか？」

うなずく創也。

「看板には『実験室』とも書かれていたけど――」

その意味が、学生たちの動きを見てわかった。

タコ焼きをつくったりテーブルに運んだりする以外に、できあがったタコ焼きの大きさや堅《かた》さ、真球具合を測定してデータを取っている学生がいる。

創也が、指をパチンと鳴らす。

「じつにおもしろい」

しかし――楽しいのは、ここまでだった。

テーブル席の一つから、

「あ～！　犯人がいる！」

ぼくらを指さし、夏音《かのん》が声をあげた。夏音の前にはユラさんが座《すわ》っている。

ふたりの間には、限りなく真ん丸なタコ焼きがのった皿が、湯気を上げている。

「…………」

ユラさんが、だまってあいている席を手で示す。座れという意味だろう。それに、なんだかおこってるみたいだ。

「おこってるみたいじゃなくて、おこってるの」

ぼくの心を読んだかのように、ユラさんがいった。

「えーっと……ユラさんたちは、なにをしてるんですか？」

「反省会」

答えたのは夏音だ。しかし、今日はやたらと反省会をしてる人たちに会う日だ。

「なんの反省会です？」

こわくてきけない質問を、創也がしてくれた。こういうとき、無神経な奴《やつ》がいると助かる。

「え～？　竜王《りゅうおう》さんたち、わかってるでしょ？　わたしたちの任務を邪魔《じゃま》したじゃないですか！　で、どうやって上層部に報告しようか、反省会を兼《か》ねてウラ先輩《せんぱい》と相談してるんです」

タコ焼きをほおばる夏音。

「四万回ジャスト……」

ボソッとユラさんがつぶやく。

「邪魔されたってことは――『頭脳集団《ブランナ》』は、リセットを起こすつもりだったんですね？」

創也がきいた。

ユラさんが、ため息とともにいう。

「そのとおり。おおくの人に五芒星《ごぼうせい》を描《か》かせて、護堂《ごどう》を呼ぶ計画――」

やっぱりそうだったのか……。

「大学のあちらこちらに五芒星の落書きがあったのは、見てるでしょ？」

ぼくと創也は、うなずく。

「あの程度の落書きでは、護堂は来ない。だから、大人数で一度に描けばいいのではないかと、上層部は考えた」

カラオケバトルの会場を思い出す。

集まった多くの観客が、ユラさんの手の動きにあわせて、リズミカルに五芒星《ごぼうせい》を描《か》いていた（創也のようなリズム感のない者をのぞく）。また、そのようすは、キャンパス内の大型モニターにうつし出され、おおくの人がまねをしただろう。

「でも、どこかのだれかさんに邪魔《じゃま》されて計画はとちゅうで終わった」

「いや、待ってください」

ぼくは、口をはさむ。

「創也が邪魔するまで、かなりの時間、大勢の人が五芒星を描いてました」

〝邪魔をしたのは創也〟という点を強調する。

「なのに護堂は来ていません。つまり、大勢で描いたら護堂が来ると考えた『頭脳集団』がまちがえていたんです。だから、ユラさんたちに責任はありません」

ユラさんが微笑《ほほえ》む。

「でも、計画を最後まで遂行《すいこう》できなかったのは、事実。……わたしたちは、処分される」

「処分って！」

おどろいたぼくは、大声を出す。あいた口に、ユラさんが熱々のタコ焼きを放りこむ。

うぁっち！

熱々のタコ焼きをなんとか飲みこんだとき、夏音が笑い声をあげる。

「冗談《じょうだん》ですよ。わたしたち、上層部のお気に入りなんです。処分なんか、されるわけありません」

そのことばに、ぼくはホッとする。

ユラさんも、笑ってる。よかった……。

立ち上がるふたり。

「ユラさん」

このとき、ぼくはなにをいおうとしたのか？　「『頭脳集団』からぬけてください」か？　「ふつうの中学生になってください」か？

ことばが出てこないぼくに、ユラさんがいう。

「内人くん、あ〜ん！」

「あ〜ん？」

わけもわからずあけた口に、ユラさんが、また熱々のタコ焼きを放りこんでくる。

うぉっっっち！

タコ焼きをなんとか飲みこんだとき、ユラさんがいう。

「ふたりに邪魔《じゃま》されたこと、これで許してあげる」

……いや、邪魔したのは創也なのに、ぼくだけがひどい目にあってるんですけど。

「またね、内藤《ないとう》さんに竜王さん。残ったタコ焼き、よかったら食べてください」

夏音がいった。


ふたりが残したタコ焼きを食べながら、創也にいう。

「『頭脳集団』が動いても、護堂は来なかったしリセットも起きなかったな」

「そうだね」

答える創也の目は、真球タコ焼きが、どれぐらい丸いのかを真剣《しんけん》に観察している。

「そういや、今まできかなかったけど――。もしできるとしたら、なにをリセットしたい？」

「…………」

創也は答えない。

「MGCの結果をリセットしたいんじゃないのか？」

ぼくが冗談《じょうだん》っぽくいうと、首を横にふる。

「もしリセットできたとしても、ぼくはなにも望まない。どんな状況《じょうきょう》になっても受け入れる覚《かく》悟《ご》で、ぼくは生きている」

ある意味、予想どおりの答えが返ってきた。

創也とも長いつきあいになる。もし、竜王グループの後継者《こうけいしゃ》でない人生が選べるのなら、絶対に選びたいと思ってるはずだ。

でも、仮定の話でも、そんなことは口にしない。それが、創也のいう〝覚悟《かくご》〟なんだろう。

ふぅ……。

いろいろあったけど、護堂のリセットさわぎ――創也の覚悟が知れただけで、ぼくにとってはOKだ。

最後のタコ焼きをようじで半分に切り、創也とわける。

「ちなみに、〝真半球〟ということばはないからね」

ぼくが質問する前に、創也がいった。

だから、べつのことをきく。

「次、どこ見る？」

「すっかり、ここへ来た目的を忘れてるようだね」

創也がため息をつき、実行委員会が配った案内図を出す。そして、電子情報棟《でんしじょうほうとう》の屋上を指さす。

『農学部工学部生物資源学部　三つ巴企画《みどもえきかく》　M大展望ノンアルビアガーデン』という文字と、

ビールジョッキのイラスト。

「なんだ？　腹減ってるのか？　だったら、真球タコ焼きを追加注文しようぜ」

「そうじゃない。丘本さんが、なぜ、電子情報棟《でんしじょうほうとう》に入れといったのか？　工学部には、他にも建物がある。その中で、電子情報棟を指定したわけは？」

「……他の建物より高い？」

「That's《ザッツ》 right《ライト》.」

見事な発音でいって、立ち上がる創也。ぼくらは、エレベーターホールにむかう。

屋上につくと、最初に目に入るのは『提供しているのは、すべてノンアルコール飲料です』『ノンアルコールビールは、未成年の方には提供していません』のはり紙。

それらが信用できなくなるぐらい、屋上はもりあがっている。

フェンスからフェンスに張られた電線と、ぶら下げられた提灯《ちょうちん》。何列にもならべられたテーブルと、プラスチック製のいす。

そして、ジョッキを手に大さわぎしている人たち。ほとんどが大学生だが、大人の人や、ぼくらのような中高生たちも混じっている。

ぼくはコーラとフライドポテトの食券を買い、座《すわ》れるテーブルを探す。

創也はというと、フェンスのほうへ行き景色を見ている。

「おまえ、なにも食べないのか？」

フライドポテトの入った容器を差しだすと、「ありがとう」もいわず一本つまむ。……まぁ、こういう奴《やつ》だ。

軽くため息をつき、ぼくも景色を見る。

夕暮れがせまっていて、空の色がだんだん橙色《だいだいいろ》に変わりつつある。キャンパス内の道路にならぶ屋台も、アセチレンランプをつけはじめた。

創也は、一か所にとどまらずフェンス沿いにキャンパスを見下ろす。

こうして高い場所から見ると、改めてM大学の広さがわかる。

「広いな……」

ぼくのつぶやきに、創也が反応する。

「日本はもっと広いし、世界はもっともっと広い」

創也が、ぼくを見る。

「M大に丘本さんのようなすごい人がいるのを、ぼくは知らなかった。日本全体、いや世界全体を見たら、彼女《かのじょ》レベルの人がたくさんいるんだろうね」

笑顔《えがお》の創也。

「そう思うとワクワクしてこないかい？」

「…………」

すこし、安心する。

ＭＧＣで優勝を逃《のが》し、なおかつ梨田《なしだ》先生にも栗井栄太《くりいえいた》にも負けた。ゲームづくりをやめるんじゃないかという心配もしてたんだけど……。

──こんなふうに笑えるのなら、心配ないな。

「そろそろ帰るか？　明日は加護妖《かごよう》のライブもあるし──」

ぼくは、特設会場のほうを指さす。

今は、漫才同好会《まんざいどうこうかい》とお笑い研究会とコント愛好会がバトルライブでもりあがっている。

「お昼からは、『出前ゲーム』やってみようぜ」

「ああ、楽しみだ」

創也の前向きなことば。

「そういえば、『鯖威張るゲーム』のほうはどうなったのかな？」

ぼくと創也は、屋上からキャンパスを見回す。

いたるところから、はしゃぐ声や楽しく笑う声がきこえてくる。ただ、明らかに異質な音──発砲音《はっぽうおん》や爆発音《ばくはつおん》がきこえてくる一画がある。

ときおり、悲鳴が混じっている。

「あそこ……だろうね」

薄暗《うすぐら》くなってきてわかりにくいが、パッ、パッと赤い点が光る。

「いったい、なにが起きてるんだろうな……」

そうはいったけど、こわいから知りたくない。

道路にならんだ屋台のライトが、キャンパスに光の線を描《えが》いている。

まだまださわぎは続きそうだが、学生以外の一般客《いっぱんきゃく》はそろそろ帰りはじめている。

「ぼくらも帰ろうぜ」

創也に呼びかけたんだけど、反応がない。ぼんやり、キャンパスのほうを見ている。

「どうした？」

肩《かた》をたたくと、ハッと我に返る。

「……ああ、ごめん。ちょっと気になることがあって――」

――気になること？

「『鯖威張るゲーム』なら、関わらないようにしようぜ。柳川《やながわ》さんと梨田先生と麗亜《れいあ》さんが参加してるんだ。へたに関わったら、無傷で終わるはずがない」

「いや、そうじゃないんだ」

首を横にふる創也。そして、無理に明るい声を出す。

「たぶん、気のせいだろう。このままじゃ、不可能だから――」

――？

意味不明のことをいう。

――なにが不可能なんだ？

まるで、「まして雨の中となるとなおさらだ」ときかされたような気分。さっぱり意味がわからない。

帰り道、何度か創也にたずねたんだけど、あいまいな笑《え》みをうかべたまま答えてくれなかった。


次の日も、いい天気。

学祭二日目を迎《むか》えるM大学は、昨日より熱気があふれていた。人出も、昨日よりおおいような気がする。

「いいか！　今日は、今までの人生すべてをこめて応援《おうえん》するぞ！」

ひときわテンションが高いのは、達夫《たつお》だ。電車に乗ってるときから、うるさくてしかたがなかった（もっとも、同乗しているうちの中学の生徒も、いっしょにもりあがってたけどね）。

『加護妖♡命』という手作りのはちまきを配り、コールの練習をしようとし、さすがにまわりから止められた。

「ほら、内人も竜王も――」

「…………」

ぼくらは、達夫からわたされたはちまきを笑顔《えがお》で受け取り、ポケットにしまう。

――おまえ、この熱意を勉強にむけたら、すぐに学年ベスト10に入るぞ。

「彼《かれ》は――いや、彼だけじゃない。ぼくのクラスメイトは、みんなやさしいね」

創也が、ポツリという。

「転校しちゃった加護妖を、こんなに一生懸命応援《いっしょうけんめいおうえん》するからか？」

「それもあるけど――」

ことばを選ぶ創也。

「昨日は『ぼくらのゲームを応援する！』って、あれだけさわいでいたみんなが、今日は一言もゲームのことを話題にしない。ぼくらのようすから、優勝できなかったのを察してるんだろうね。だから、加護妖のライブの話ばかりしてるんだ」

――いや、それは考えすぎだろ。達夫だぞ！　一日たったから、ぼくらのゲームのこと忘れてるだけだって。

でも、ぼくはだまっていた。創也が、クラスメイトのいいところを見つけているのが、純粋《じゅんすい》にうれしかった。

「創也――」

ぼくは、奴《やつ》の首に腕《うで》を回す。

「今日も、楽しむぞ」

「もちろん」

うれしそうに、創也が答えた。

ぼくら――加護妖元クラスメイト集団（ふくむ、同じ中学校の生徒）は、人波に流されながら特設ライブ会場にむかう。

正門近くでは、また、リセットを望む集団と実行委員会の間で小競《こぜ》り合《あ》いが行われていた。でも、昨日のような熱気は感じられない。なんだか冷めたような感じがする。

「なぁなぁ。リセットって、ほんとうにテロみたいなものなのか？」

達夫が、創也に質問する。他のクラスメイトも、口にこそ出さないものの気になってるようだ。

創也は、すこし考えた後、

「これは、あくまでもぼくの考えだと思ってきいてほしい」

そう前置きして話しはじめた。

「現状に満足できず、状況《じょうきょう》を変えたいと思っている人間はおおい。というか、よほど恵《めぐ》まれた人間でない限り、そう思っているはずだ。その変化を『リセット』と表現するなら、リセットを望む者はおおい。ただ、問題は、リセットの内容だ」

「………」

「リセットが起きたとき、『こんなリセットなら、望んでなかった』とならないとも限らない。それに、リセットが各個人に起こることか、世界全体を巻きこんだことなのか——それもわかってない。こんな状況では、リセットをテロ——今の社会を破壊《はかい》させるものと考えるのが妥当《だとう》だろうね」

達夫が、まじめな顔できいている。

——おまえ、その熱意を勉強にむけたら、すぐに（以下略）。

「それに、護堂を呼ばないとリセットは起きない。ほんとうに護堂が来たとして、護堂にそんな能力があるかもわからない。わからないことだらけだ。そして、昨日、なにも起こらなかった」

「………」

「さらに、『みんな、護堂に来てほしくないのか』というメッセージが流れた。みんな、もう護堂は来ないと思ってるんじゃないかな」

なるほど。それで、正門近くのさわぎに熱気が感じられなかったのか。

創也が、話をまとめる。

「リセットについて、ものすごく前むきな意見でしめくくるとしたら、自分の現状を変えるのは、自分の力でやったほうがいいということだね」

「なるほど。よくわかった」

うなずく達夫のかげから、女の子が質問する。

「ねぇ。竜王くんも、リセットしたいことってあるの？」

「あるわけないでしょ。竜王くんは竜王財閥《りゅうおうざいばつ》の御曹司《おんぞうし》だし、頭も顔もいいし——これでリセットを望むわけないじゃん」

横から、べつの子が口をはさんだ。

「…………」

創也は、なんともいえない表情できいている。

しばらくしてから、ぼくは創也にささやく。

「気を悪くするなよ。あの子たちにしたら、おまえがリセット望むはずないって考えるのはとうぜんなんだから」

「…………」

創也が、ぼくを見る。その目が、「ぼくのことを理解してるのは、きみだけだよ」といってる。

ぼくは大きくうなずき、続けた。

「そりゃ、エプロンのひもを縦結びしかできなかったり、スキップができなかったり、自転車乗るのに補助輪がいったりするなんて……ぼくだって、リセットしたいけどな」

「…………」

創也の目つきが変わった。「きみと知り合ったことを、リセットしたい」——そういっているような気がするが、気のせいだろう。

ぼくは、その視線を無視して特設ライブ会場へむかう。

大勢の人に取りかこまれた特設ライブ会場。今は、M大学ソウルミュージック同好会やラップ同好会『らっぷっぷ』主催《しゅさい》のMCバトルが行われている。

観客は、若い人たちだけじゃない。子どもたちもいるし、ぼくらの親世代もいる。立ち見の観客席の一角にはテントが張られ、ならべられたいすに敬老会の人たちが座《すわ》っている。世代を超《こ》えて、流れるメロディやことばのリズムを楽しんでいる。

観客の中には、栗井栄太ご一行さまもいた。

「よぉ、竜王に内藤。昨日は、おつかれさまだったな」

ぼくらを見つけた神宮寺《じんぐうじ》さんが、指を二本のばし、チャッとふる。その背後から、麗亜さんが、投げキッス。

ぼくと創也は、神技的《しんぎてき》ディフェンスで投げキッスをブロック。

麗亜さんの舌打ちを無視し、質問する。

「『出前ゲーム』をやりに来たんですか？」

「おれと姫《ひめ》は、それだ。ウイロウは、音楽や美術関係の展示を見るのが目的——」

神宮寺さんの指さすほうでは、柳川さんがラップのリズムに体をゆらせている。

「で、ジュリアスは——」

説明されなくても、彼《かれ》の格好を見ればわかる。

額に『I♡《アイラブ》加護妖』のはちまき。手には、ペンライトと『加護妖ちゃん　FIGHT《ファイト》』の応援《おうえん》うちわ。あと、白い筆文字で『加護妖しか勝たん』と書かれた黒い法被《はっぴ》を着ている。

「ジュリアス……ひょっとして、加護妖のファンなのかい？」

創也が、感情をこめない声できいた。

フッと笑うジュリアス。

「竜王さんの感性では、理解できないでしょうね。加護妖の魅力《みりょく》は——」

その上から目線のことばにカチンと来た創也は、ジュリアスの耳に顔を近づけ、ささやく。

「加護妖は、ぼくらのクラスに転校してきたことがある。あと、砦《とりで》をたずねてきた加護妖と、個人的に話したこともある」

M University Festival
護妖ちゃん
FIGHT
加護妖しか
勝たん

「………」

あまりのショックに、ジュリアスの生命活動が停止する。

ぼくは創也にいう。

「大人げない奴《やつ》だな。ジュリアス、止まっちゃったぞ」

「心配ない。加護妖のライブが始まったら、生き返るよ」

フンと鼻を鳴らす創也。

そして、MCバトルが終わった午前十時——。

ステージに、巨大《きょだい》なスピーカーやアンプ、マイクが設置される。続いて、楽器を持ったバンドメンバーが現れ、音合わせが始まる。

「いよいよだな……」

観客に高まる期待。それがだんだんふくらんで爆発《ばくはつ》する直前——。

ドラマーが、スティックをカンカンカンと鳴らした。それを合図に、加護妖がステージ袖《そで》から飛び出してくる。

「おおー！」

観客の声援《せいえん》が、スピーカーから出るバンドの音をかき消す。

黒い衣装《いしょう》に黒のキャップをかぶった加護妖は、体操選手のような軽《かろ》やかな動きで、ステージを飛《と》びはねる。

「みんなぁ〜！　今日は来てくれてありがとう〜！」

ヘッドセットマイクをつけた加護妖が叫《さけ》び、そのまま歌いはじめる。

ハイテンションで応える観客。

ライブなんだからあたりまえなんだけど、加護妖って歌えるんだと、今さらながら思う。

「あいつ、ＣＤ出したりとか配信とかしてるのか？」

創也にきく。

「そのようだね」

興味ないって感じの創也。

その声をききつけたのか、ジュリアスが観客をかきわけてやってきた（この歌声と大歓声《だいかんせい》の中、どんな耳をしてるんだ……）。

「これが、デビューシングル。で、こちらが二枚目——。さしあげますので、円盤《えんばん》がすり切れるまできいてください」

すさまじい勢いで、ＣＤをわたしてくる。

「お金はいりません、これは布教用に買ったものですから」

血走った目のジュリアス。

ぼくは、ジュリアスの肩《かた》にポンと手をおく。

「ありがとう。お礼に、加護妖に会ったとき、ジュリアスというすごいファンがいるって話しとくよ」

「……内藤さん、加護妖に会う機会があるんですか？」

「まぁね」

うれしいような妬《ねた》ましいような複雑な表情をするジュリアス。ギクシャクしたスキップをして、神宮寺さんたちのほうへもどっていった。

創也が、ぼくの肩をたたく。

「きみも、かなり大人げないと思うけどね」

「フン！」

ぼくは鼻を鳴らし、ライブに集中する。

加護妖は、一曲歌い終わるとトーク。トークの合間に、マジックをしたりダンスしたり寸劇やコントを入れたり——。

「ライブって、あまり見たことないんだけど……今のライブって、こんな感じなのか？」

創也にきく。

「ぼくには、ライブというより歌謡《かよう》ショウって感じに見えるよ。〝歌謡ショー〟じゃなく〝歌謡ショウ〞ね」

今、ステージの上で加護妖は衣装《いしょう》の早変わりをやっている。

創也がつぶやく。

「不意に『新春シャンソンショー』ということばが、頭にうかんだよ」

よくわからないけど、ぼくはうなずく。

しかし、観客はなにも気にしてないのか、拳《こぶし》をつきあげ声援《せいえん》を送っている。だれも彼《かれ》も、我を忘れて加護妖を応援《おうえん》している。

――あれ？

ぼくの気持ちが、スッと冷える。

よく見ているゲーム実況《じっきょう》の配信。ゲームに熱中しているプレイヤー。熱狂《ねっきょう》して配信を見ているぼくら。ぼくと彼らは、同じ世界にいる。

しかし、

「内人、ご飯――！」

母さんに声をかけられたとたん、ぼくは、さっきまで熱狂していた世界から飛ばされる。今、そんな気分だ。

そして、まわりを見る。

すべての観客が声援を送っていると思っていた。だけど……そうじゃない。

応援《おうえん》はしてるんだけど、どこか冷めている。……いや、〝冷めている〟ってのは、すこしちがうな。

そう、テレビだ！

とてもおもしろいドラマ。熱狂《ねっきょう》して見ている。でも、同じ空間にいるわけじゃない。相手は、モニターの中。手をのばしても、触《ふ》れることができるのは、モニターの表面だ。

そう思わせる観客がいる。

まず、ぼくだ。そして、となりを見る。創也も、目はステージを見てるんだけど、心は他のほうをむいている感じ。

観客を見る。

拳《こぶし》をつきあげ、足をふみならしている観客が多い中、ジッと加護妖を見ている人。ひとり……ふたり……。

「どうしたんだい、内人くん？」

創也がきいてくる。

「おまえ……気づかないか？　観客の中に、異質な人がいるって――」

その〝異質な人〟の中には、ぼくと創也も入っている。

「えっ？　なに？　よくきこえない」

創也が、耳に手を当てる。

ぼくは、首を横にふる。

自分の声もきこえにくい大歓声《だいかんせい》の中、なにをいってもむだだ。

創也に相談できないってことは、自分で考えるしかない。

どうして、観客の中に、ぼくらのような異質な者がいるのか？　いや、そもそも、ぼくらが異質なのか？　もりあがっている観客のほうが異質なんじゃないか？

そう思ったとき、風景が逆転した。

おかしいのは、まわりのほう……。

どうして、こんなに大学の学祭がもりあがるんだ？　たかが学祭じゃないか。なのに、この大もりあがりの光景？

——どうして？　まるで、だれかに操《あやつ》られているような……。

ダメだ……考えが、まとまらない。

こまっていると、頭の中に、おばあちゃんがラップのリズムに乗って現れた。

「………」

なにかアドバイスをくれるのを待ってたんだけど、なにもいわない。ひょっとして、ラップ調で話そうとしてこまってるのか？

「無理しなくていいから」

ぼくがいうと、おばあちゃんがホッとした顔で、話しはじめる。

「道に迷ったら、迷った場所までもどる。そこが出発点。もどるためには、来た道を覚えておくのが大切」

それだけいって、おばあちゃんは帰っていった。

――出発点……。

ぼくは、考える。この奇妙《きみょう》な大学祭の出発点は、どこか……？

四十九年前――南野《みなみの》さんからきいた『護堂を待ちながら』の小説が書かれたときだ。そのときから、ＭＧＣが行われ、みんなが護堂を待つようになった。

――この大学祭は、護堂を呼ぶためのもの……。

いくらみんなが、護堂を忘れても、その事実は変わらない。

今日は学祭二日目。まだ学祭は終わらない。ということは、護堂が来る可能性も残っているということか……。

全身に寒気が走る。もう終わったと思っていたのに……。

そのとき、フリートークをしていた加護妖のことばが、耳に入った。

「今日は、お昼からMGCの優勝ゲームがプレイできるんですよね？　みなさん、楽しんでくださいね！」

「おー！」

元気よく応える観客。

ぼくの頭の中に、『いけにえ』ということばがうかぶ。

──大学祭にやってきた人たちは、護堂を呼ぶためのいけにえ……。

汗《あせ》が、あごの先から地面に落ちる。これは、会場の熱気のためじゃない。山の中で、獣《けもの》にねらわれている感覚。

──かげで動いている奴《やつ》がいる。そいつは、だれにも気づかれないよう、リセットを起こす気だ。

「創也！」

ぼくは、創也を連れてライブ会場から離《はな》れる。

そして、さっき考えていたことを創也に話す。

あごを指でつまみ、だまってきいていた創也が口をひらく。

「リセットをたくらんでいる者が動いている──そういうんだね？」

ぼくは、うなずく。

「根拠《こんきょ》は？」

「勘《かん》だ！」

胸を張って答える。

馬鹿にされるかと思ったけど、創也はまじめな顔できいてくれた。

そして、ポケットからスマホを出す。

「ここから別行動だ。ぼくは、調べることがある。内人くんは、予定どおり『出前ゲーム』をプレイしてくれ」

「了解《りょうかい》した」

敬礼を返すぼく。

創也が、ひとりごとのようにつぶやく。

「今日、最大のイベントは、加護妖のライブにMGC優勝の『出前ゲーム』……。そして、ライブの中で、加護妖が『出前ゲーム』を楽しんでといった。出前ゲームに、なにか秘密がある。内人くんは、プレイする中で、その秘密を探《さぐ》ってくれ」

「それって、危険がともなうんじゃないか？」

「…………」

素朴《そぼく》な質問をぶつけたのだが、創也は答えない。でも、その目が、「ともなうに決まってんだろ」といってる。

ぼくは、ため息とともに口をひらく。

「わかったよ。がんばって『出前ゲーム』をプレイする」

「なにかあったら、これに連絡《れんらく》する」

スマホをわたし、走り出す創也。

格好よく去りたいんだろうけど、ただでさえ走るのがおそいうえに人波をかきわけながらなので、なかなか視界から消えない。

09 Let's《レッツ》 Play《プレイ》 出前ゲーム！ まずは第一ステージから第三ステージ。

だれがリセットを起こそうとしているのか——？

しばらく考えて、気がつく。考えるのは、ぼくの仕事じゃない。これは、創也《そうや》の仕事だ。

ぼくの仕事は、創也にいわれたとおり、予定どおり『出前ゲーム』をプレイすることだ。

よし！

財布《さいふ》を出し、中身を確認《かくにん》。二千六百四十七円——これだけあればだいじょうぶ。

道路にならんでいる屋台を次から次へと食べ歩く。

焼きそば、たこ焼き、フランクフルト、フライドポテト、焼き鳥、からあげ、ホットドッグ、カレー、焼きとうもろこし、お好み焼き、ハンバーガー、おでん——。

デザートに綿菓子《わたがし》を食べて、ぼくの財布には十七円しか残らなかった。

これから先、なにが起こるかわからない。でも、これだけ食べてあったら、たいていのことには対応できる——と思う。

気合を入れて、『出前ゲーム』の受付にむかう。

小さな野外音楽堂の前に長机がならべられ、出前研究会の人たちがいそがしそうに動いている。

思った以上に、たくさんの人。中に、加護妖《かごよう》のライブを見終えたクラスメイト集団もいる。

「なんだよ、内人《ないと》。加護ちゃんのライブ、とちゅうからいなかったろ？　どこ行ってたんだ？」

達夫《たつお》たちに、つめよられる。

「ちょっとお腹《なか》すいてさ——。屋台の食べ歩きしてたんだ」

そういいわけすると、食《く》いしん坊《ぼう》のクラスメイトが、ぼくの服のにおいをかぐ。

「カレー、からあげに焼きそば、フランクフルト……おでんのにおいもする。どれだけ食べたんだよ」

ワイワイいっていると、野外音楽堂の舞台《ぶたい》に男の人が現れた。

「どうも、出前研究会副会長の仕田史郎《しだしろう》です」

——あれ？　丘本《おかもと》さんは、出てこないんだ？

ふしぎに思っていると、となりで学生たちがささやいてるのがきこえた。

「出前研究会、いろいろもめてるって話だけど、ほんとうみたいね」

「副会長の仕田さんが、会の名前を『デリバリー研究会』に変えようとしてるって話？」

「そうそう。今の名前を継続《けいぞく》したい丘本会長派と、名前を変えたい仕田副会長派で、ことあるごとに張り合ってるんだって」

「だから、昨日の『出前ゲーム』は会長派が運営して、今日は副会長派がしきってるんだ」

なるほど。いろいろあるんだ……。

そんなことをささやかれているのを知らない仕田副会長が、にこやかな笑顔《えがお》で説明を始める。

「ただいまから、出前ゲームのルール説明をさせていただきます。この中には、昨日すでにプレイされた方もいると思いますが、ルールが変わっているところもありますので、よくおききください」

そして始まるルール説明。まとめると、次のようになる。

・プレイヤーは、おかもちに入った品を指定された場所から場所へ出前する。
・出前コースの出発場所は、ランダムに決められる。
・出前が成功すると、ステージクリア。次の出前に進める。
・最終ステージをクリアしたら優勝。複数名がいる場合、最短時間でクリアしたプレイヤーが優勝。
・おかもちは水平を保って運ばなければならない。限度を超《こ》えてかたむけたり衝撃《しょうげき》をあたえると、センサーが働きゲームオーバー。
・出前のとちゅう、ジャマーの妨害《ぼうがい》にとらわれたらゲームオーバー。

ルールを見る限り、そうむずかしい感じはしない。

「それでは、受付でおかもちと出前指令書を受け取ってください。準備ができたプレイヤーから、ゲームスタートです」

仕田さんが、両手を広げる。

「出前ゲームは、純粋《じゅんすい》にデリバリーの楽しさを味わうゲームです。みなさんがデリバリースピリットを体感されることを、副会長として希望します」

最後に〝デリバリー〟ということばを二回いって、舞台《ぶたい》を降りた。

ぼくは、クラスメイトたちといっしょに受付へ進む。

「ワクワクするね」

健一《けんいち》が話しかけてくる。その横には、真田《さなだ》女史。

「竜王《りゅうおう》くんはどうしたの？」

真田女史にきかれた。

「あいつ、なんか調べることがあるって――」

「そう……」

真田女史が、ポケットから達夫のつくった『加護妖♡命』のはちまきを出す。長さにして三メートル近いものだ。それを、ぼくにわたす。

「これ、持っていって」

理由はいわない。ぼくもきかない。

「ありがとう」

今まで、何度も真田女史に助けられた。このはちまきも、きっと助けてくれる。そんな気がする。

受付で、おかもちとゼッケンをもらう。ゼッケンナンバー『7110』——うん、力が入る番号だ。

おかもちの大きさは一辺が二十センチの立方体。上部に持ち手がついている。素材は段ボール紙で安っぽくて軽い。

続いて、地図と『出前指令書』をもらう。出前指令書には、『第一ステージ　1305〜13
15：事務局→共通教育センター』と書かれている。

「十三時五分に、事務局で品物を受け取ってスタートしてください」

地図を広げ、事務局と共通教育センターの位置を確認《かくにん》。

十三時五分に受け取った品物を、十三時十五分までに共通教育センターに届ければステージクリアだ。

地図を見ると、事務局と共通教育センターは、ゆっくり歩いて五分かからないぐらいの距離《きょり》。

――運ぶ時間は十分もある。楽勝だ。

「ステージは全部で五つあります。とちゅう、さまざまな妨害《ぼうがい》があると思いますので、ご注意ください」

受付の人が笑顔《えがお》をくれる。

受け付けを終えたプレイヤーが、キャンパスに散っていく。その手には、段ボール紙でつくったおかもち。

ぼくも、第一ステージの出発地点――事務局へ急ぐ。他にも十数人のプレイヤーが、同じ方向に急いでいる。

事務局前につくられた簡易テント。何人ものスタッフが、かけつけてきたプレイヤーに対応している。

ぼくも、プラスチック製のどんぶりを受け取る。

どんぶりの中に入っているのは、ガチャポンのカプセル。このカプセルがセンサーになっていて、かたむきや衝撃《しょうげき》を測定するのだろう。

「はげしい衝撃《しょうげき》を受けたら、どうなるんですか?」

出前研の人にきいたら、

「カプセルが爆発《ばくはつ》します」

と、あっさり答える。

「爆発した段階で、出前は失敗。ゲームオーバーとなりますので、ご注意ください」

ぼくは、気を引きしめる。

「あと、カプセルにはGPSもついています。これで、我々出前研は、プレイヤーが移動した軌《き》跡《せき》を確認《かくにん》することができます。また、カプセルが爆発するとGPSも作動しなくなるので、プレイヤーがゲームオーバーになったことも確認できます」

出前研の人が、時計を見てぼくにいう。

「十三時五分です」

ぼくは、おかもちをゆらさないように出発した。

共通教育センターまでは、直線道路。ただ、学祭に来ている人たちがいっぱいいて、まっすぐ歩くのがむずかしい。

「すみませ〜ん。通りまぁ〜す」

声をかけながら、人の間をすりぬける。

おかもちをゆらさないよう、人にぶつけないよう、とても神経を使う。

とくにこわいのは、小さな子ども。予測できない動きで、突撃《とつげき》してくる。時折、自転車や一輪車がフラフラと走ってくる。これが、ジャマー？

――このペースで、間に合うのか？

あせる気持ちが強くなる。でも、へたに走って、おかもちをゆらすわけにはいけない。

キャンパスのいろんなところから、「きゃっ！」とか「うわっ！」という声がきこえる。出前ゲームのプレイヤーが、失敗した叫《さけ》び声《ごえ》だろう。

藪《やぶ》だらけの山の中を、半袖半《はんそでは》ズボンでかけぬける気分だ。

肉体的なつかれより、精神的なつかれで、汗《あせ》が流れる。

――出前って、こんなにたいへんなんだ……。

今後、出前をする人を見かけたら、敬意をこめて頭を下げようと思った。

なんとか八分で、共通教育センターに到着《とうちゃく》。他にも、数名到着している。

――ここだけで、十数人のプレイヤーが残っている。出前ルートは、他にもあるから、まだたくさんのプレイヤーが残ってるはずだ。優勝できるんだろうか……。

簡易テントにいる出前研の人に、おかもちをわたす。どんぶりのセンサーをチェックした出前

研の人は、

「おめでとうございます。第一ステージ、クリアです」

そういって、次の出前指令書をくれた。『第二ステージ　１３２５～１３４０：共通教育センター↓第二生協』と書かれている。

――こんどは、十五分かけて出前できる。でも、時間が増えたぶん、難度も上がっているんだろうな……。

余計なことを考える前に、体力をもどそう。

深呼吸をくりかえしていると、

「十三時二十五分です」

非情な声。まだ、八十パーセントぐらいしか回復してないのに……。

しかし、泣き言をいってる時間はない。今やらなければいけないのは、出前を届けること。それだけだ！

ぼくは、おかもちを持って出発する。地図を見ると、第二生協までは一本道。さっきより道幅《みちはば》がせまいけど、あまり人がいないから歩きやすい。

――こんなに楽なうえに、出前時間が十五分もある。楽勝じゃないか。

口笛を吹《ふ》きたくなるような雰囲気《ふんいき》。すると、おばあちゃんが頭の中に現れた。

「とても歩きやすい山道。獣《けもの》に襲《おそ》われる心配も、落石の危険もない。天気が急変するようすもない。水も食料も、持っている。そんなとき、いちばんこわいのはなんだい？」

「えっ？」

とつぜんきかれても、思いつかない。

「食料もあるんだろ？　だったら、なにも心配しなくていいじゃん」

そう答えると、おばあちゃんは大きくうなずき、いった。

「それが、いちばんこわい」

「………………」

いってる意味が、わからない。

おばあちゃんが、フッと笑う。

「山でいちばんこわいのは、油断。忘れるんじゃないよ」

そうでした。

ぼくは、立ち止まる。おかもちをソッと地面におき、大きくのび。他のプレイヤーが、どんどん出発してるけど、あせっちゃダメだ。

深呼吸してから一度目をとじ、気持ちを切りかえる。

よしっ！

おかもちを持ち、歩きはじめる。さっきまでと同じ風景が、ちがって見える。

だから、気づくことができた。

前方から四人の男子学生。ふつうに学祭を楽しんでいるって感じで近づいてくるんだけど、なにかおかしい。

よく見てわかった。四人とも、両手を後ろに回して隠《かく》してるんだ。

――いったい、なにを持っているのか？

ぼくは警戒《けいかい》する。

四人が、隠し持っていたものを出す。ポンプレバーを動かして加圧するタイプの水鉄砲《みずでっぽう》。射程《しゃてい》距離《きょり》は三十メートルぐらいだろう。

ぼくとの距離は二十メートル。射程距離内だ。

おかもちは、段ボール紙製。四つの水鉄砲で撃《う》たれたら、ひとたまりもないだろう。

――ありがとう、おばあちゃん。おばあちゃんの忠告のおかげで、水鉄砲に気づくことができたよ。

問題は、気づいただけでは、水鉄砲は防げないということだ。

どうする？

迷っている間にも、四人は距離をちぢめてくる。

回れ右して逃《に》げるか？　いや、ダメだ。走っておかもちをかたむけたらセンサーが反応するし、この距離《きょり》じゃ回れ右した瞬間《しゅんかん》に撃《う》たれる。

四人が水鉄砲《みずでっぽう》を構えた瞬間、

「お待たせ〜」

とつぜん、ぼくの右腕《みぎうで》に抱《だ》きつく者。……だれ？

全身黒ずくめの衣装《いしょう》に、目深《まぶか》にかぶった黒のキャップ。こんな黒猫《くろねこ》みたいな女の子、知らない。いや……女の子なのか？

そしてわかった。

「加護妖！」

「ライブのかたづけしてたら、おくれちゃった。さぁ、行こう！」

ぼくはなにもいえない。

加護妖が、ぼくの右腕を持って引っ張る。

そのまま、四人の横を通過。

この間、ぼくが持ってるおかもちをゆらさないようにとか、水鉄砲で撃たれてもぬれないように体のかげにするとか、いろいろ考えてくれている。

「うまくいったね！」

早足で歩きながらハイタッチしようとして、おかもちに刺激《しげき》をあたえたらダメなことに気づいた加護妖が、手を引っこめる。

ぼくはきく。

「加護妖、なんでここにいるんだ？」

すると、指をチッチッチとふる。

「いちいちフルネームで呼ばないで。水くさいな。ここは、親しみをこめて『加護ちゃん』っていうのがベストだと思うな」

ウインクする加護妖。

一つ咳払《せきばら》いして、もう一度いう。

「なんでここにいるんだ、加護妖？」

こんどは、指をふらずに、口で「チッ！」という。

「ふたりと学祭を楽しみに来たに決まってるじゃない。で、竜王くんはどこ？　別々にプレイしてるの？」

キョロキョロする加護妖。

「あいつは、別件で動いてる。で、何度もきくけど、どうして――」

ここまでいったとき、加護妖が、ぼくの口の前に手をのばす。

「連絡《れんらく》、取り合ってないの？」

「………」

ぼくは、創也から預かったスマホを見せる。

「これに、なにかあったら連絡してくる」

「了解《りょうかい》。じゃあ、わたしたちはわたしたちでがんばろう！」

――わたしたち？

なにかいう前に、加護妖が、

「おー！」

とひとりもりあがる。

ぼくは、なにもいえない。


第二生協についたのは、十三時三十三分。

制限時間まで、まだ七分もある。こんなに早くつけたのは加護妖のおかげなんだろうけど、感謝しなきゃいけないのかな。

第二ステージの水鉄砲《みずでっぽう》でゲームオーバーになったのか、プレイヤーの数が減っているような気がする。

そういうぼくも、危なかったんだ。気を引きしめないと――。

出前研の人におかもちを預ける。

「おめでとうございます。第二ステージクリアです」

そのことばと、次の出前指令書を受け取る。

『第三ステージ　１３４５～１４００：第二生協→農学部ビニールハウス』

「わ～、こんなの楽勝じゃん！」

横からのぞきこんだ加護妖が叫《さけ》ぶ。

ぼくは、その顔を手でどけ、地図を確認《かくにん》。

第二生協から、正門近くの農学部ビニールハウスまで、とちゅうに大学病院用の駐車場《ちゅうしゃじょう》があって、かなり迂回《うかい》しなければいけない。これを十五分で行かなきゃいけない……。

おい、ほんとうに楽勝なのか？

加護妖に確認しようとしたら、ポカンと空を見上げている。

なにかあるのかと思って、ぼくも空を見る。白い雲が二つ、気持ちよさそうにうかんでいる。

なんだか、メロンパンとシュークリームみたいに見える。

「腹、減ってるのか？」

ぼくがきくと、なにをいってるんだという顔の加護妖が、パッと笑顔《えがお》になり両手をあわせる。

「出前ゲームクリアしたら、三人でなにか食べようよ。いろいろ話したいこともあるしさ――」

その笑顔《えがお》を見て、ぼくは考える。

――こいつがアイドルやってなくて、ふつうにクラスにいたら、ぼくらはあたりまえのように友だちになってたのかな……。

「………」

そういう世界があってもいいなと思えてくる。

ふと、加護妖にききたくなった。

「もしリセットできたら、アイドル続ける？　それとも、ふつうの中学生になる？」

加護妖は、笑って答えない。

それは、わからないから答えないという雰囲気《ふんいき》じゃない。アイドルもふつうの中学生も、なんなら他にもいろんな人生を経験している。だから、リセットなんかどうでもいい。――なにもいわないけど、そんな感じがした。

「時間だよ。行こう！」

加護妖が、元気にいった。

出発して、すぐに駐車場《ちゅうしゃじょう》につきあたる。そこから西に迂回《うかい》しなければいけない。かなり遠回りになる。

おまけに、とちゅうには水鉄砲《みずでっぽう》を持った出前研がいるだろう。ステージも上がったし、他にも邪魔《じゃま》してくる奴《やつ》らがいてもおかしくない。

いや、迷ってる時間がもったいない。今は、進むんだ！

駐車場《ちゅうしゃじょう》のフェンス沿いに迂回《うかい》しようとしたら、

「どこ行くの？」

加護妖が、ひょいとフェンスを乗《の》り越《こ》え、駐車場の中に着地。ぼくにむかって手招きする。

なるほど。駐車場をつっきれば、十五分もかからずに農学部ビニールハウスまで行ける。

「早くおいで」

得意そうに、加護妖がいった。

ぼくは、右手に持ったおかもちを見る。

「片手でフェンスをよじ登れっていうのか？」

「内人くん、片手で木登りするの得意でしょ。ぐちゃぐちゃいってないで、早くおいでよ」

「………………」

たしかに、加護妖のいうとおりだ。

――でも、なんで知ってるんだ？

いや、今はそんなことを考えてるひまはない。ぼくは、左手と右足の爪先《つまさき》をフェンスにかける。そして、体を持ち上げる。

反動をつけて、上へ。体が落ちる前に左手をのばしフェンスをつかみ、左足の爪先《つまさき》をかける。

コツは、落ちるのをこわがって、フェンスに体をくっつけすぎないこと。覚悟《かくご》を決めて体を離《はな》さないと、登れない。

フェンスを乗《の》り越《こ》えて、ジャンプ。

膝《ひざ》のクッションを使って、おかもちをゆらさないように着地。理想は、キャット空中三回転の着地だ。

「お見事」

加護妖が、ぱちぱちと拍手《はくしゅ》。

「ボルダリングで、オリンピック目指す気ない？」

「ぼくみたいなふつうの運動神経で、オリンピックに出られるわけないだろ」

そう答えると、複雑な顔をする加護妖。

駐車場《ちゅうしゃじょう》を見る。

ならんだ車の間をすりぬけなければいけないと思っていたのだが、運がいいことに、ぼくらが進もうとしたところには一台も停《と》まっていない。

なんで？

よく見ると、ぼくらが進む通路をつくるかのように、小型トレーラーが二台ならんで停《と》められている。

トレーラーの横腹には『YO KAGO』の文字と、加護妖の写真がラッピングされている。

「…………」

加護妖になにかいおうと思ったんだけど、時間がもったいない。

ぼくらは駐車場《ちゅうしゃじょう》をつっきり、フェンスを乗《の》り越《こ》え、まっすぐ農学部ビニールハウスを目指す。

うん、時間はだいじょうぶ。

邪魔《じゃま》さえ入らなければ、よゆうでステージクリアできる。そう、邪魔さえなければ——。

前方から「ソイヤ！　セイヤ！　ソイヤ！　セイヤ！」という威勢《いせい》のいい声。出前研の人たちが担《かつ》ぐ御輿《みこし》だ。

「御輿行列って、昨日の午前中で終わったんじゃないの？」

ぼくの不満に答えてくれる人は、いない。

「ソイヤ！　セイヤ！　ソイヤ！　セイヤ！」

せまってくる御輿。

道にいる人たちは両側によけて、御輿を通す。

ぼくもよけようとしたが、やめる。道の両サイドは、御輿をよけた人たちでいっぱい。おしくらまんじゅう状態になっているところへ、おかもちを持っていったらどうなるか？　即《そく》、ゲームオーバーだ。

こういうときの正解は、「逃《に》げる」だ。

回れ右したとき、ぼくは絶望する。

「ソイヤ！　セイヤ！　ソイヤ！　セイヤ！」

もう一基の御輿《みこし》が、ぼくらにむかってせまっている。

前門の御輿、後門も御輿……絶体絶命！

あせるぼくに、

「どうすんの、内人くん？」

緊迫感《きんぱくかん》のない加護妖の声。

これで、逆に落ちつくことができた。

その場にしゃがみこみ、靴《くつ》を脱《ぬ》ぐ。そして、ポケットからはちまきを出す。『加護妖♡命』と書かれた達夫の手製のもの。

自分のぶんと真田女史から預かったはちまき——二本のはちまきをつなぐと五メートル以上の長さになる。そのはしに、靴紐《くつひも》を結ぶ。

靴を重りにして、投げ縄のようにはちまきを回す。ねらうのは、上——頭の上を横切る、太い枝。高さは約四メートル。じゅうぶん届く。

「なるほどね」

ぼくがなにをしようとしてるのかわかった加護妖が、うなずく。

「でも、いくら内人くんでも、片手でロープは登れないでしょ？」

加護妖のいうとおりだ。

ぼくは両手ではちまきのロープをにぎる。そして、両足で、やさしくおかもちをはさむ。

そのまま、おかもちをゆらさないようにして、ロープを登る。できるだけ速く！　視界のすみに、加護妖が道のはしに避難《ひなん》するのが見えた。

ロープを登り切り、枝にぶらさがる。前門と後門からせまってきた御輿《みこし》は、ぼくの足の下で小《こ》競《ぜ》り合《あ》い。

「ソイヤ！　セイヤ！　ソイヤ！　セイヤ！」

「ソイヤ！　セイヤ！　ソイヤ！　セイヤ！」

やがて小競り合いは収まり、御輿がわかれる。

ぼくは、はちまきロープを伝って、静かに地面へ――。はちまきと靴《くつ》を回収。

ふぅ、助かった……。

安全を確認《かくにん》した加護妖が、もどってくる。

「体操競技で、オリンピック――」

「目指さない！」

加護妖のことばをさえぎる。

なにはともあれ、第三ステージはクリアできそうだ。

10 Let's《レッツ》 Play《プレイ》 出前ゲーム！ そして、第四ステージからファイナルステージ。

御輿《みこし》をやり過ごしていたので、けっきょく、農学部ビニールハウスについたのは制限時間ギリギリになった。

「第三ステージクリアです。でも……よくクリアできましたね」

おかもちをわたした出前研の人が、ぼくの出前軌跡《きせき》を見ておどろく。

「現在、どれぐらいのプレイヤーが残ってますか？」

ぼくの質問に、横においてあったノートパソコンで調べてくれる。

「四十九名です」

……まだ、そんなに残ってるの？

「その中で、第四ステージに挑《いど》んでいるのは十九名。第五ステージに進んでいるプレイヤーはいません」

そのことばに安心する。まだまだ優勝をねらえる！

新しい出前指令書をもらう。

『第四ステージ　１４０５～１４２０：農学部ビニールハウス→馬術練習場』

とちゅう、講義堂がある。それを迂回《うかい》して十五分。……なんとかなるか、すこし不安。

「この間を通ればいいじゃん」

ぼくが広げた地図をのぞきこんで、加護妖《かごよう》が、講義堂と共通教育センターの間を指さす。

「いや、それでも迂回しなきゃいけないし――。だいたい、この地図じゃほんとうに建物の間を通れるかどうかもわからない」

「ふ～ん……。じゃあ――」

加護妖が、建物を無視して、まっすぐ線を引く。

「『直進行軍！』――なにがなんでも目的地にむかってひたすら直進するの！」

「…………」

たしかに、直進したら十五分かからず馬術練習場につくだろう。……生きていればの話だけど。

しかし、出発時間はせまっている。迷ってるひまはない。

屈伸運動《くっしんうんどう》していると、出前研の人が教えてくれる。

「第四ステージは、かなり難度が高いようです。現在、各地点でゲームオーバーのプレイヤーが続出です」

そして、ぼくと加護妖にむかってウフッと笑う。

「御武運《ごぶうん》を――」

ぼくらは、親指をグッとつき出し、応援《おうえん》に応える。

覚悟《かくご》を決めて出発。学祭見物の客であふれている道を、人にぶつからないよう、おかもちをゆらさないよう、早足で進む。

三分ほどがたったとき――。

キャンパスのいたるところに設置されたスピーカーに、アナウンスが入った。

「M大学大学祭実行委員会から連絡《れんらく》します。現在行われている『出前ゲーム』は中止になりました。プレイヤーは、即座《そくざ》にゲームをやめてください。くりかえします――」

……なんですと？

中止？　ひょっとして、出前ゲームをやめろっていうの？　どうして？

ぼくは、アナウンスのいってる意味がなかなか理解できなかった。「どぅゆぅあんだぁすたん？」といわれたら、大声で「のぉ～！」といってやりたい気分だ。

ここまで来るのに、どれだけ命を張ったと思ってんだ！

ほぼ同時に、スマホに着信——創也《そうや》からだ！

ぼくは、おかもちを地面におき、スマホを操作する。

「なんだよ、出前ゲーム中止って！」

あいつがなにかいう前に、ぼくはどなった。

「……その調子だと、説明してもなかなか冷静にきき入れることはできないだろうね。だから、単刀直入にいう。アナウンスのとおり、出前ゲームはここまで。すぐにゲームをやめて、正門に来たまえ。そこで合流しよう」

そこまでいって、唐突《とうとつ》にスマホを切る創也。

「竜王《りゅうおう》くん、なんだって？」

加護妖がきいてくる。

「出前ゲームをやめて、正門のところに来いって……」

「ふ〜ん」

ぼくの答えに、あごに指を当てて考える加護妖。

「あのさ……。わたし、あんまり彼《かれ》の性格知らないんだけど——」

そう前置きして、ぼくの顔をのぞきこむ。

「竜王くんって、プライド高いよね。出前ゲームは、MGCで優勝した。自分のゲームは、三位にも入れなかった。そんなとき、たくさんの人が出前ゲームを楽しんでいたら、どう思う人？」

加護妖の顔が近い。

「いっしょに出前ゲームを楽しむような人？　それとも『こんな下らないゲーム、やるんじゃない！』っておこるような人？」

「………」

ぼくは考える。創也は、たしかに猪突猛進《ちょとつもうしん》の大馬鹿野郎《おおばかやろう》で、手段のためには目的を選ばない奴《やつ》で、なにをしでかすかわからないところもあるけど、おろかで美しくないことは死んでもしない男だ。

そんな創也が、出前ゲームを中止しろというか？

現に、別れ際《わかぎわ》、出前ゲームをプレイして秘密を探《さぐ》れっていった。

そう、考えるまでもない！

加護妖が、ぼくの目を見る。

「ねぇ……。今の電話の相手、本物の竜王くん？」

ちがう！

そう思ったとき、またスマホに着信。

加護妖が、ボタンを押《お》す前に、ぼくからスマホをうばう。

「そうでぇ~す、加護妖だよ。内人《ないと》くんと代わるね」

ぼくにスマホを出す加護妖。

「内人くん、状況《じょうきょう》は?」

創也の声だ。

「偽物のおまえから電話があったところだ。出前ゲームを中止しろってさ」

「それで、きみは?」

「中止するわけないだろ。今から、第四ステージをクリアする!」

スマホのむこうから、ホッとする雰囲気《ふんいき》。

創也の声。

「昨日、次世代知能科学研究部の部屋で、ぼくらの声の情報がぬかれた。そのデータを使って、内人くんに電話したんだろう」

「だれが、そんなことを——?」

「わからない。とにかく、内人くんはそのままゲームクリアを目指してくれ」

「…………」

ぼくがなにかいう前に、通話が切れる。

加護妖が、スマホをのぞきこんでくる。

「竜王くん、なんだって？」

「ゲームクリアを目指せって――」

ぼくは、おかもちを持つ。そして、ポケットからはちまきを出し、頭にギュッと巻く。ここからが、正念場だ！

「なんだか照れるね」

加護妖が、『加護妖♡命』のはちまきを見て、頬《ほお》を赤らめる。

いや、そんな意味じゃないから――。

ゲームを再開。

ぼくは、おかもちを持って早足。

講義堂につく。地図ではわからなかったけど、建物のはしにドアがある。鍵《かぎ》もかかっていない。――ってことは、建物の中をつっきれるってこと？

講義堂の中は、ほとんど人がいない。まっすぐのろうかが、ずっとむこうまで続いている。

そして、ドア。開けると、そのまま馬術練習場まで直線道路。

「やったね！」

加護妖が、右手をあげる。その手に、ぼくは自分の手を当てる。

「えっ？　まだやるんですか？」

馬術練習場に設置された簡易テントでは、出前研の人たちがかたづけをしていた。

「さっきのアナウンス、きいてなかったんですか？　出前ゲームは中止ですよ」

笑顔《えがお》で、ぼくらにいう。

「がるるるぅ……」

ゲーム中止なんか知ったこっちゃないってぼくは、喉《のど》の奥《おく》でうなる。

「わっ……わかりました」

出前研の人が、かたづけかけていたモバイルを再起動し、出前指令書を出してくれる。

「指令書、出すには出しますけど、もう出前研は関係ないですからね。やるんなら、勝手にやってくださいね」

そういわれるけど、ぼくはきいちゃいない。

『ファイナルステージ　１４３０〜１５００：馬術練習場→事務局』

出発時間まで、あと五分。目的地は、第一ステージの出発地点だ。

大学案内図を広げ、どんなイベントをやってるか確認《かくにん》。

「……マズいな」

思わず声に出していた。

目的地の事務局へ行くとちゅう、広場で『M大学消防団』が消防訓練をやっている。ここを通れば、確実に水をかぶる。水をかぶれば、段ボール紙製のおかもちは破れてしまう。

かといって、広場を迂回《うかい》すれば、かなり遠回りになる。

考えこんでるぼくの横で、お気楽な加護妖が、

「直進行軍！　直進行軍！」

拳《こぶし》をつきあげて踊《おど》っている。

まわりを見る、タコ焼きの屋台がならんでいる。『エビタコ焼き』、『シーチキンタコ焼き』、『ホタテタコ焼き』、『イカタコ焼き』、『明太子《めんたいこ》タコ焼き』、『アサリタコ焼き』――変わり種タコ焼きの屋台が全部で六台。あたりに、ソースの香りを撒《ま》き散《ち》らしている。

その香りに、一瞬《いっしゅん》、意識が飛ぶ。


「内人先生、本日はなにを？」

いきなり、脳内アシスタントのナオコさんが登場した。

まわりを見ると、M大学のキャンパスじゃない。ここは、『内藤内人の三分間クッキング』のスタジオだ。ライトがまぶしい。

いや、とまどってる場合じゃない。

カメラの下で、フロアディレクターが「巻いて巻いて巻いて！」と書かれたスケッチブックをむけてくる。

そう、時間は限られている！

「今日は、水にぬれても破れない紙をつくってみようと思います」

「まぁ、それは楽しみ！」

そういいながら、手でとなりの長机を指さす。

「材料は、こちらに用意してあります」

段ボール紙製のおかもち、食用油、油引きがのせてある。

なにをつくるのかわかってなかったら、材料が用意できるはずがない——そんなとうぜんのことは、だれも追及《ついきゅう》しない。

「内人先生、この食用油と油引きは、どうしたん

です?」

「タコ焼きの屋台の人に貸してもらいました」

ナオコさんに説明し、ぼくは、おかもちを手に持つ。

「作業は、とてもかんたんです。おかもちに、油引きを使って食用油を塗《ぬ》るだけです」

ペタペタと油を塗る。

塗り残しがないようていねいに――。しかし、急いで――。

作業は二分もかからず終わった。

「はい、できあがりです」

完成したおかもちを、カメラにむかって見せる。

これで、エンディングテーマが流れてきて、収録は終了《しゅうりょう》だ。

なのに――。

「あの……それだけですか?」

ナオコさんが、ぼくの顔をのぞきこむ。その目が、人とは思えぬこわい光を放っている。

「えーっと……」

なにもいえないぼく。エンディングテーマが流れてくるのを、脂汗《あぶらあせ》を流しながら待つ。

まだか……。まだか……。

「ああ、やっともどってきた」

加護妖だ。加護妖がホッとした表情で、ぼくを見ている。

「ぼく……どうしてた?」

「おかもちに油を塗《ぬ》りながら、『まだか……まだか……』ってつぶやいて。話しかけても、ボンヤリしてるし――。なんだか、ちがう世界に行っちゃってたよ」

ぼくは、夢から覚めたときのように、大きくのび。

「もうだいじょうぶ。行くぞ」

加護妖にいう。

手には、防水加工したおかもち。あとは、忘れちゃいけない勇気――。これだけあれば、なんとかなるだろう。

M大学は広い。学部によっては、ふつうの大学一つ分の広さがある。

そして、危険な実験をする学科もおおい。火事が起きたとき、初期消火の役目を担《にな》うのがM大学消防団だ。

M大学消防団の活動は、地味だ。入学してから卒業まで、一度も本物の火事を消すことなく卒業する団員がほとんどだ。

しかし、団員は日々の鍛錬《たんれん》をおこたらない。精神と肉体を鍛《きた》えに鍛え上げ、いざというときに備える。

そんな消防団が、日の目を浴びるのは年に二回。

一度は、正月の出初《でぞ》め式《しき》。もう一度が、広場で行われている、大学祭での消防訓練――消防操法お披露目会《ひろめかい》だ。

「M大学消防団、出動します！」

広場に集まったM大学消防団。

消防団団長――農学部三年生の神田大五郎《かんだだいごろう》が、号令をかける。それを合図に、三十人の団員が、いっせいに動く。

七台の小型可搬《かはん》ポンプを運び、ホースをつなぎ、放水訓練にかかる。

規律正しくキビキビした動きに、広場を取りかこんだ観客から歓声《かんせい》がわく。

ぼくらは、観客たちの後ろから背のびして、放水された水の行方《ゆくえ》を見る。ホースと風の向き。放水される水の量。どう考えても、水をかぶらずに広場を横切るのは無理だ。だいたい、今も水がかかってくる。

――食用油で防水加工したおかもち。耐《た》えられるか……。

心配してもしかたない。

「加護妖、頼《たの》む」

「頼まれた」

加護妖が、人垣《ひとがき》をかきわけて前に出る。ぼくは、加護妖の後ろについて進む。

視界が広がる。消防団の人たちが、ホースをななめ上にむけて放水している。ぼくと加護妖は、できるだけ目立たないように広場を横切る——いや、どう考えても、目立つんですけどね。

「こら、危ない！　なんだ、おまえらは！」

消防団の人たちがどなるが、足を止めるわけにはいかない。

「すみません！　すみません！」

大声で謝《あやま》りながら、広場の出口にむかって早足で進む。頭の上からは、大量の水が降ってくる。ゲリラ豪雨《ごうう》の中につっこんだみたいだ。

丸めた上半身をおかもちにかぶせ、できるだけ水がかからないようにする。

なんとか出口にたどりつき、広場を脱出《だっしゅつ》。

ふりかえると、消防団の人たちはなにごともなかったかのように訓練を続けている。最小限の迷惑《めいわく》ですんだようで、ホッとする。

おかもちは、ぐちゃぐちゃの状態。いつ破れてもおかしくないぐらいぬれている。体がぬれてるのは、消防団の放水のせいだけじゃない。冷《ひ》や汗《あせ》だ……。

——だいじょうぶか……？

そんな心配を吹《ふ》き飛《と》ばす、加護妖の声。

「あ〜、びしょびしょ！　こんなの見つかったら、マネージャーの怒髪《どはつ》が天を衝《つ》いちゃうわ！」

とても楽しそうだ。

その笑顔《えがお》を見て、ぼくは思い出す。

——そうだよな……。今、ゲームしてるんだ。ゲームにむずかしい顔は似合わない。笑顔が一番だ。

結果がどうなろうと、楽しまなきゃダメだ。それを、加護妖が教えてくれた。

「内人くん、行こう！」

加護妖が、ぼくの手を取る。

同時に、スマホに着信。

「なにやってるんだ？」

創也の声だ。

「なにやってると思う？」

質問に質問で返す。

「ひょっとして、出前ゲームを続けてるのかい？」

「まぁね」

スマホのむこうからきこえてくるため息。

「ゲームをやめろって、いったよな？」

「ちゃんときいたよ。でも……ぼくはやめない」

「ちょ、内人くん！　ダ――」

ぼくは、ボタンを押《お》して通話を切る。

即座《そくざ》に着信。

「しつこいな。やめないっていってるだろ！」

ぼくのどなり声に、

「よくわからないけど、その意気だ！」

こんどの創也は、応援《おうえん》のことばをいってくれる。

「出前研で借りたモニターで、内人くんの軌跡《きせき》を確認《かくにん》してるんだけど、よく広場を直進できたね」

「こんなゲーム、楽勝だ。急いでるんで、切るぞ」

「がんばってくれ！」

通話を切ると、またまた着信。

「いわれなくてもがんばるって！」

「そうじゃない！　プレイを中止しろっていってるんだ！」

——なんだ、また最初の創也か。

めんどうなので、スマホの電源を切る。これで、『おかけになった電話は電波の届かない場所にあるか電源が入っていないためかかりません』だ。

もうすこしでクリアできるんだ、邪魔《じゃま》させない。

「ダメだよ、内人くん！」

加護妖が、ぼくからスマホを取り上げ、電源ボタンを入れる。

「GPSで、ちゃんと軌跡《きせき》を残しておかないと、クリアしても不正を疑われるよ」

——なるほど。

たしかに、加護妖のいうとおりだ。

幸いにも、どっちの創也からもかかってこない。ぼくは、スマホをポケットに入れ、地図を出す。

確認《かくにん》すると、ここからゴールの事務局まで一本道。出前研の人たちはゲームをやめてるから邪魔をしてこないとしても……。

歩きはじめたぼくは、違和感《いわかん》を覚えて道を見る。

だれもいない。学祭に来た人も学生も、だれも歩いていない。

ぼくは、歩くのをやめる。気配を探《さぐ》る……静かだ。

「どうしたの？」

加護妖の質問を無視し、ぼくは地図をもう一度確認《かくにん》する。

左右を藪《やぶ》にかこまれた一本道。危険はない……と思う。

すると、加護妖が指をのばした。

「ねぇねぇ。この線、なに？」

見ると、一本の線が、藪と道を横切って引かれている。

「……印刷のときのよごれとか？」

わからないまま進んでいたら、答えがわかった。

等高線というものをごぞんじだろうか？

道がいきなり寸断され、崖《がけ》になっている。五メートルぐらいの崖。落ちないようにフェンスが設置され、そのむこう側に道が続いている。

たしかに、一本の等高線でわかるけど、文字で「通行止め」と書いておいてほしかった。

フェンス沿いに横に移動しようにも、藪で進入できない。藪を払《はら》う刃物《はもの》もない。

Uターンして、広場にもどるか？　いや……そんな時間はない。

フェンスを乗《の》り越《こ》えるしかない！

ぼくは、さっき結んだはちまきロープを出し、その先におかもちを結ぶ。そして、フェンスのむこうに垂らし、下の道にゆっくり下ろす。

次に、フェンスの下にはちまきロープを結ぶ。

「先に行く――」

ぼくは、フェンスを乗《の》り越《こ》え、はちまきロープを持った。ふつうのロープなら乱暴に降りてもだいじょうぶだけど、これははちまきを結んでつくったもの。余分な力をこめると、切れるおそれがある。

――と思った瞬間《しゅんかん》。

はちまきロープが、ブチッと切れた。

地面まで残り一メートルぐらいのところだったので、怪我《けが》することなく着地。おかもちも無事だ。

「あ～、切れちゃった」

フェンスのむこうで、加護妖がいう。

「わたしは、ここまで。残りは、内人くんがんばってね」

そして、フェンスに残ったはちまきロープをほどく。

「このちぎれたはちまき、もらっとくね。つくってくれたのは達夫《たつお》くんかな？　みんなに、来てくれてうれしかったって、伝えて」

加護妖が、フェンスから乗り出すようにして手をふる。

このとき、ぼくはふしぎな映像《ヴィジョン》を視《み》た。むこうで手をふる加護妖。泣き笑いのような表情。

ぼくらの間には絶望的な距離《きょり》。そして、二度と会えない予感。

――なんだ、この映像……。

今まで、こんな場面は体験した記憶《きおく》がない。なのに、はっきり映像が視える。

ぼくは、軽く頭をふって、映像をふりはらう。

――デジャヴュってやつかな？　あまり気にすることないだろう。

ぼくは、笑顔《えがお》をつくって加護妖にいう。

「おまえもいそがしいだろうけど、また顔を出せよ。みんな、会いたがってるぜ」

そして、背中をむける。

ぼくは、怖《こわ》かった。これ以上、加護妖と話したら、思い出したくないことを思い出してしまう
――そんな予感がしたからだ。

等高線を越《こ》えてからは、散歩しているのと変わらない。

人がいないから、だれにもぶつかる心配はない。出前研の人たちも、邪魔《じゃま》してこない。

道は一本道。五十メートルぐらい先に、ゴール地点の事務局が見える。

ぼくは、空を見る。

巨大《きょだい》な鳥が飛んできて、おかもちをくわえて持ち去ってしまう——そんな可能性は、ゼロだ。水をかぶったおかもちも、防水加工のおかげで、なんとか破れずにすんだ。

時間もじゅうぶん残っている。

そのとき、創也からの着信。

「おめでとう、もうすぐクリアだね」

「フッ、楽勝だっていっただろ」

ぼくは、思いっきり格好つけて答える。

そして、ふと疑問に思う。

——創也は、最初、『出前ゲーム』の秘密を探《さぐ》れっていってた。それが今は、ゲームをクリアしろとうるさい。

目的が変わってる……。

ぼくの足が止まった。

「どうしたんだい？」

ＧＰＳで、ぼくの動きが止まったのを確認《かくにん》したのだろう。創也の声がした。

ぼくは、質問する。

「あのさ……もし、ぼくが出前ゲームをクリアできなかったら、どうなるんだ？」

この質問に答えるまで、すこしだけ間があった。

「……**人類は醒《さ》めない夢を見る**」

それは、創也の声とは似ても似つかない、とてもききとりにくいものだった。

ぼくの心臓が、バクバクする。

「了解《りょうかい》した」

そう答えて、ゆっくり足を進める。

これから先がどうなるか、予想できない。不安を隠《かく》すように、ぼくはいう。

「天井《てんどん》食べるしかなさそうだな」

「ゲームをクリアしたら、好きなだけ食べさせてあげるよ」

「………………」

ぼくは、足を止める。ゴールの事務局が、二十メートルぐらい先に見えている。でも、ぼくは、足を止めた。

「どうした？　なにかあったのか？」

あせったような声。

ぼくは、大きく息を吸い、ことばを押《お》し出《だ》す。

「おまえ……創也じゃないな」

「なにをいってるんだ？　ぼくは、本物の創也だ。ゲームを中止しろっていってるのが、声をぬき出してつくったAIの創也だよ」

「逆だ。――おまえが、ＡＩだ」

「…………」

スマホのむこうは、沈黙《ちんもく》。

ぼくは、地面におかもちをおき、座《すわ》りこむ。

刻々と、制限時間がせまってくる。

「どうしてわかった？」

しびれを切らした声がきこえる。

「違和感《いわかん》を覚えたのは、最初の電話。おまえは、ぼくの質問に『わからない』っていった」

「…………」

「ぼくは、創也の口から『わからない』ってことばをきいたことがない」

創也はプライドが高い意地っ張りだ。だから、どれだけわからなくても、決して『わからない』とはいわない。

「そして今、『天丼《てんどん》食べるしかなさそうだな』っていったら、おまえは、こういった。『ゲームをクリアしたら、好きなだけ食べさせてあげるよ』と――」

「それのどこがおかしいんだい？」

「おまえ、ＡＩのくせに『ミンチをなくして天丼《てんどん》を食う』ってことばを知らないのか？」

「………………」

「本物の創也には、この間、教えてある」

「………………」

「ＡＩってのは、学習能力があるって話だけど――こんな有名なことばを知らないなんて、おまえの学習能力は、まだまだだな」

「まったく……」

スマホのむこうから、ため息がきこえる。

「こんなバカなことで見破られるとはね。本当に、バカらしくて、腹も立たない」

それは、自分がＡＩであることを認める発言だ。

ぼくは、きく。

「で、おまえを操《あやつ》ってるのはだれだ？」

「同じことを、きくよ。内人くんを操ってるのは、だれなんだい？」

え？

予想外の質問に、ぼくはとまどう。

「操《あやつ》るって……。ぼくは、だれにも操られてない」

スマホのむこうから、「フッ」と笑うのがきこえる。

「幸せ者だね、人間は——」

このバカにしたいい方。さっき、ＡＩの学習能力はまだまだだと思ったけど、なかなか創也の雰囲気《ふんいき》をつかんでいる。

そのとき、不意に、ライブを見ていたときのことを思い出す。

異質な者……。ぼくや、創也。いや、大学祭で熱狂《ねっきょう》している人。

まるで、なにかに操られているようだと感じた。もし、ほんとうに操られているのだとしたら
……。

「内人くん——」

スマホのむこうから、声がする。

「きみを操ってるものの正体を知りたいのなら、教えてあげてもいい。いや、ぼくが教えなくても、自然にわかるだろうけどね」

N
共通教育センター
野球場
農学部
教育学部
文学部
体育館
馬術練習場
ビニールハウス
講議堂
法学部
図書館
広場
正門
工学部
クラブ棟
トラック
駐車場
合宿所
事務局
医学部
サッカーラグビー場
第二生協
歴史資料館

「………」

「そのおかもちを持って、出前ゲームをクリアしたまえ。そうすれば、イヤでも、きみを操《あやつ》ってるものの正体がわかるよ」

「………」

――なにをいってるんだ、こいつ。

ぼくは、相手にしないことにする。スマホの電源を切り、正門のほうに行けば、本物の創也と合流できる。

なのに――。

ぼくは、おかもちを持って歩きはじめていた。それも、正門のほうではなく、『出前ゲーム』のゴール――事務局のほうへ。

どうして？　どうして？

ぼくを操ってるものの正体を知りたいからか？　それとも、今、ぼくがゴールを目指してるのは操られているからなのか？

……わからない。

そして、あと五メートルで事務局へつくというとき――。

ぼくは、転んだ。ほどけていた靴《くつ》ひもを、知らずにふんでしまったのだ。

バランスをくずす体。その手から、おかもちが離《はな》れ、宙を舞《ま》う。

地面にたたきつけられるまでの間、ぼくの目は、きれいに放物線を描《えが》くおかもちを見ていた。

たおれると同時に、おかもちも地面に激突《げきとつ》。

ドテ、グシャ！

つぶれたおかもちと割れたプラスチックどんぶり。そして、粉々になったカプセル。

……終わった。

地面に手をつき、体を起こす。てのひらがいたい。見ると、盛大《せいだい》にすりむいている。

——てのひらをすりむくなんて、十年ぶりかな……。

大きく息をはき、考える。

今、靴のひもをふんだのは、ぼくの意思か？　それとも操《あやつ》られていたのか？

ぼくには、わからない。

目の前に、事務局が見える。

もう、出前研のテントはない。まぁ、どうせゲームオーバーなんだけどね。

うつむいてると、視界に靴が入った。創也の靴だ。

「よくわからないけど、おつかれさま」

ぼくがゴールしなかったことを確認《かくにん》し、手をのばす創也。その手をつかんで立ち上がるんだけど、てのひらがいたい。

「けっきょく……うまくいったのかな?」

ぼくがきくと、創也がタブレットを見せる。キャンパスマップがうつっている。

「出前研の人に頼《たの》んで、各プレイヤーのGPSデータを送ってもらったんだ」

キャンパスマップに、プレイヤーがどのように動いたかの軌跡《きせき》が線で表示される。

「危ないところだったよ」

ぼくの描《えが》く軌跡——ゴールの事務局のすこし手前で、止まっている。

もし、最後の最後に転ばなければ、それは、きれいな五芒星を描いていただろう。

11　祭りのあとのさびしさ？　いやいやまだまだ終わらないよ。

M大学を出たぼくたちは、駅前の喫茶店《きっさてん》『江戸《えど》』に入る。なぜ、喫茶店に『江戸』なんて名前がついているのかふしぎだが、どうでもいい話だ。

カウベルを鳴らし、窓際《まどぎわ》の席に座《すわ》る。大きなガラス窓のため、なんだか金魚鉢《きんぎょばち》の中に入ったような気分だ。

ぼくはコーラ、創也《そうや》はアメリカンコーヒーを注文する。

「紅茶じゃないのか？」

「コーヒーを飲みたい気分のときもあるよ」

若いマスターが運んできてくれた飲み物を、しばらくは無言で飲む。アメリカンコーヒーには、小皿に入ったピーナッツがついてきたんだけど、ケチな創也はわけてくれなかった。

「今、ぼくの頭の中はグチャグチャだ。整理整頓《せいりせいとん》する必要がある」

グラスに残った氷をかじり終えてから、口をひらく。

「いろいろ説明してくれ」

窓ガラスごしに見える夕焼け。店内が、オレンジ色に染まる。

創也が、コーヒーカップをおいて、小さな声でいった。

「It's a show time.《イッツ　ア　ショー　タイム》」


「ぼくは護堂《ごどう》もリセットも信じていない。妄想《もうそう》のようなものだと思っている。でも、それと同時に、おそろしいものだとも思ってる。——矛盾《むじゅん》しているだろうか？」

創也にきかれ、ぼくは首を横にふる。

ホッとしたように、創也が続ける。

「学祭の実行委員会が、リセットをテロ行為《こうい》とみなしたのは納得《なっとく》できる。だから、ぼくもリセットを止めようと思った」

そういえば、カラオケバトルの会場でも、創也が真っ先に叫《さけ》んでいた。

「あのあと、ユラさんたちがいってたことを覚えてるかい？　『頭脳集団《ブランナ》』は、リセットを起こそうとした。そして、ただ単に五芒星《ごぼうせい》を描《か》いただけでは、無理なことも知っていた」

「…………」

「ぼくは、考えた。だったら、どうしたらリセットを起こせるのか？　大人数で描いてもダメ。

どうすればいいのか?」

「…………」

「出前ゲームをつくった丘本《おかもと》さんが、ぼくらに電子情報棟《でんしじょうほうとう》に行けといった。屋上のビアガーデンからM大学を見下ろしたときに、ふと思ったんだ。大きく描いたらどうかって――?」

創也のことばに、ドキンとする。

薄闇《うすやみ》のキャンパス。道路にならぶ屋台の明かりが、光の線のようだった。創也は、その光の線が、五芒星《ごぼうせい》に見えたんだ。

「キャンパスの道を使って、五芒星を描《か》く――おもしろいと思った。でも同時に、不可能だとも思えた。道は、校舎や広場で途切《とぎ》れている。完全な線を描くのはむずかしい。それに、どうやって描く? ペンキやライン引きで、描くのか? すぐに実行委員会に止められる。けっきょく、大きな五芒星を描く方法はないと思って考えないようにした」

「…………」

「だけど、その方法があったんだ」

「出前ゲームのプレイヤーを使う……?」

ぼくのつぶやきに、創也がうなずく。

「プレイヤーが移動する。その軌跡《きせき》で五芒星を描く。この方法が可能かどうか、ぼくはキャンパスを歩いて調べてみた。そしてわかったのは、校舎や広場を無視して直進するのは、ぼくには無理だということ――」

こんどは、ぼくが大きくうなずく。

創也が続ける。

「だけど、内人《ないと》くんレベルの人間ならできるということ」

うん。たしかにできた。でも、かなり苦労したのも事実。

「ぼくは、急いで出前研の人と実行委員会の人に連絡《れんらく》し、ゲーム中止のアナウンスをしてもらった」

あのアナウンスをきいたとき、どうして中止しなければいけないのか理由がわからなかった。

ぼくは、不満の気持ちを声にこめてきく。

「どうして、中止の理由もアナウンスしなかったんだ？」『出前ゲームをプレイすると、五芒星《ごぼうせい》が描《か》かれます。だから中止してください』って――」

「理由をいえば、おおくの人はゲームをやめるだろう。だが中には、『そうか！　大きな五芒星を描けばいいんだ』と実行しようとする者もいるかもしれない。だから、いえなかったんだ」

「アナウンスのすぐ後に、ＡＩの創也から電話があった。本物そっくり――というか、本物と同じで、区別がつかなかった。アナウンスのときに理由をいってくれてたら、すぐに偽物《にせもの》とわかったのに……」

苦笑《くしょう》する創也。

「でも、本物とＡＩを区別できたからいいじゃないか」

「まぁね」

コーヒーカップを持つ創也。

「で、どうやって見わけたんだい？」

コーラを飲んでいたぼくの動きが止まる。

ほんとうのことをいうか？

プライドの高い意地っ張りの創也が『わからない』といったから——こんなことをいったら、

「きみは、ぼくのことを、そんな目で見てるのかい？」とネチネチいってきそうだ。

そんなめんどうはさけるのが賢《かしこ》い。

ぼくは、コーラのグラスをおき、笑顔《えがお》をむける。

「長いつきあいだぜ。いくらＡＩが似せても、見わけるのなんか『お茶漬《ちゃづ》けさらさら』だよ」

「………」

創也も、コーヒーカップをおいた。

「ひょっとして、『お茶の子さいさい』といいたいのか？」

「最近は、そうともいうようだね」

すこし、沈黙《ちんもく》の時間が流れる。

ぼくらは、その間に飲み物を飲む。

沈黙を破ったのは、ぼくだ。

「ＡＩを使って、最後までゲームをやらせようとしたのは——『頭脳集団』か？」

「まちがいないだろう」

創也が、断言する。

「ぼくらが工学部に行ったとき、ユラさんも夏音《かのん》もいた。ＡＩに声をぬかれたのと同じ時と場所に『頭脳集団』のふたりがいたのは、偶然《ぐうぜん》とは思えない」

「…………」

ぼくは、複雑な気分だ。

あのとき、ふたりは、自分たちの計画がうまくいかなかったと落ちこんでいた。でも、あれは芝居《しばい》だったんだ。そういえば、ユラさんも夏音も、「邪魔《じゃま》された」とはいっていたが、「失敗した」とは一度もいってなかった。

ふたりは、ぼくに出前ゲームをさせて、五芒星《ごぼうせい》を描《か》こうとした。……つまり、ぼくは絵筆のように扱《あつか》われたわけだ。

ぼくは、喫茶店《きっさてん》の天井《てんじょう》を見る。うん、これで涙《なみだ》はこぼれない。

顔を上にむけたまま、創也にきく。

「『頭脳集団』は、企画立案《きかくりつあん》をする組織だ。依頼《いらい》があって動く。じゃあ、その依頼人はだれなんだ?」

「………………」

長い沈黙《ちんもく》。

――そういえば、店内にぼくらの他に客はいないな。それに、だれも入ってこない。こんなに流行《はや》ってなくて、だいじょうぶなのかな……。

そんなことを考えてると、不意に創也が口をひらいた。

「0×□=0。このとき、□に入る数字は?」

「……なんでもいいんじゃないのか?」

ぼくが答えると、創也がうなずく。

「そのとおり。どんな数字を入れても成立する。数学でいう『不定』だ」

「………………」

「つまり、だれが依頼人でもふしぎはないってことだよ」

ぼくは、ため息とともに、なんとかことばを吐《は》き出《だ》す。

「そうか」

「……そうだ」

創也も、吐《は》き出《だ》すようにいった。

続いて、AIが最後にいった「操《あやつ》られている」ということば。このことを創也にきこうとしたとき、カウベルが鳴った。

ドアのほうを見ると、赤いジャージの女の子……かな？　ショートカットの髪《かみ》に、真っ赤なキャップ。こんな雰囲気《ふんいき》を持つ人を、ぼくはひとりしか知らない。

「加護妖《かごよう》、帰ったんじゃ――」

ぜんぶいい終わる前に、加護妖がギャオギャオいう。

「あ～、こんなとこで駄弁《だべ》ってる！　いけないんだよ、中学生同士で喫茶店《きっさてん》に入っちゃ！」

ぼくは、小声で創也にきく。

「『ダべる』って、日本語か？」

「とりとめのないことをダラダラおしゃべりすることだよ。ちなみに、日本語だからね。あと、『とりとめのない』の意味がわからないのなら、自分で調べたまえ」

小声の早口で、創也が返す。

加護妖は、いすをガタガタ引きずってきて、ぼくらのテーブルにつく。

「すみませ〜ん。ミルクセーキとナポリタンください。ナポリタンは、粉チーズいりませんから。そのぶん、麺《めん》マシマシでお願いします」

ラーメン屋のような注文のしかたをする加護妖。

ぼくはコーラを、創也はコーヒーを飲みほす。そして、同時に席を立つ。

「ちょちょちょ！　なんで、帰ろうとするの！　やっとマネージャーの目を盗《ぬす》んで、茶店《さてん》に逃《に》げこめたんだよ！　そうしたら、ふたりがいる！　この奇跡《きせき》の出会いを楽しまないと、もったいないお化けが出るよ！」

畳《たた》みかけるようにいう加護妖。

ぼくは、小声で創也にきく。

「『サテン』って、喫茶店《きっさてん》の省略形か？」

だまってうなずく創也。

運ばれてきたナポリタンを、フォークできれいに巻く加護妖。パスタを、こんなにきれいに巻く人間を見たのは初めてだ。

——なのに、どうして口のまわりをケチャップでベタベタにしてるんだろう？

「それで、内人くんは、出前ゲームはステージクリアできたの？」

加護妖にきかれ、ぼくは首を横にふる。

「ダメだった。最後の最後に、おかもちを落としてさ――」

「そう……」

すこしかなしそうな加護妖。

気分を変えるように、ミルクセーキを飲み、ぼくらに笑顔《えがお》をむける。

「運が悪かったんだよ。それは、内人くんが悪いんじゃなくて、神さまの気まぐれ。きっと、出前ゲームのできが悪いから、邪魔《じゃま》したかったんじゃない？」

〝神さまの気まぐれ〟ということばに、ぼくと創也はドキッとする。

「だいたい、あのゲーム、難度が高すぎたんだよ。ゲームバランスが悪い！　ふたりがつくるゲームのほうが、絶対におもしろいって――」

ぼくらは、苦笑《くしょう》しながらきく。

出前ゲームのおもしろさを、ぼくらは理解している。文句のつけようもない。だけど、加護妖の話をきいてると、なんだか気持ちが軽くなる。

「これにこりず、ゲームをつくり続けてほしいな。だって、ふたりのゲームは楽しいから」

ぼくは、加護妖にきく。

「なにか追加注文ない？」

「う～ん、ミックスサンドなんか、いいな」

ぼくは、すかさずミックスサンドを注文する。

「気にしなくていいよ。お金は、創也が出すから」

「ありがとう」

満面の笑《え》みで、サンドイッチを食べる加護妖。

「早く、次のゲームをつくってね。そのときは、ぜひ声をかけてほしいな。ぼくもやってみたいから――」

こんどは、創也がきく。

「サンドイッチには、飲み物が必要だと思うのだが――」

「うん、ジンジャーエールが飲みたいな」

ジンジャーエールを注文する創也。

「遠慮《えんりょ》なく飲んでくれたまえ。内人くんのおごりだよ」

こうして、ぼくら三人は、ゲームのことや学校のこと、クラスメイトの近況《きんきょう》などを話した。

加護妖の仕事の話は、きいてもしてくれなかった。

「だけど、どうしてふたりはM大の学園祭に関わったの？」

加護妖の、とつぜんの質問。

ぼくと創也は、交代しながら今日までのできごとを話す。とちゅう、五芒星《ごぼうせい》の形がわからないという加護妖のために、紙ナプキンに図を描《か》いたり時系列を表にしたり――。

「ふ～ん」

一通り話を聞いてから、加護妖がつぶやく。

「護堂って、なんなんだろうね？」

答えられない質問は、しないでほしい。

「だいたい、『護堂を待ちながら』を書いた人もわかってないんじゃないかな？　えーっと、だれだっけ？」

加護妖が、紙ナプキンに書かれたメモを読む。

「『厄子《やくこ》』？」

「それは『やくし』と読むそうだよ」

創也が解説する。

「うん、その『厄子《やくし》』さんもわかってないんだよ。なんとく、純文学っぽいものを書こうとしたんだけど、失敗した。そして、その失敗が、四十九年たってもまだ迷惑《めいわく》かけてる――今回の大騒動《おおそうどう》は、こんなところじゃないのかな？」

「…………」

「四十九年の間に、いろんなうわさに花が咲《さ》いたり尾《お》ひれがついたりした。それらのうわさは、時代や人によって変化を受け、現在――リセットを待ち望む人たちによって神話となった」

「………」

「だいたい、リセットってなに？」

加護妖がつぶやいたとき、カウベルが鳴った。

ドアを開けて、栗井栄太《くりいえいた》ご一行さまが入ってきた。

「なんだ、話し声が外まできこえてたけど、おまえらだったのか」

神宮寺《じんぐうじ》さんが、ぼくらにむかって手をあげる。

その横で、柳川《やながわ》さんの目が光る。ぼくは逃《に》げようとする。麗亜《れいあ》さんがウインクを飛ばして、創也が被弾《ひだん》する。

しかし、それらを些細《ささい》なことにしてしまったのは、ジュリアス。

「加護妖さま！」

一声叫《さけ》んで、気を失った。

「ジュリアス！　ジュリアス！　だいじょうぶか？　もどってこい！」

神宮寺さんが、ジュリアスの頬《ほお》をペシペシする。

幸せな微笑《ほほえ》みをうかべたまま、ジュリアスは目を開けない。今、彼《かれ》は、〝世界でいちばん幸せな動物〟になっている。

「ねぇねぇ。この子、どうして気絶したの？」

加護妖が、麗亜さんにきく。

「ジュリアスはね、あなたの大ファンなの。いきなり〝生〟加護妖に会ったもんだから、脳が異常高電圧を受けたような状態になっちゃったの」

「えー！　気絶した彼《かれ》には悪いけど、うれしい！」

そして、幸せな微笑《ほほえ》みをうかべてるジュリアスに、自分の赤いキャップをかぶせる。

「ジュリアス、この帽子《ぼうし》をだれからもらったかわかったら、また気を失うわね」

麗亜さんが、ため息混じりにいった。

柳川さんが、ジュリアスを背負う。

「ざんねんだけど、今日のところは帰るわ。ジュリアス、放っておけないし――」

店を出る際、神宮寺さんが、ぼくらにいう。

「おまえら、さっき『リセットってなに？』っていってたけど――」

そういう神宮寺さんは、すこし照れくさそう。

「おれにいわせたら、お子さまむけのアイテムだな。『リセットできるから』なんて気楽な気持ちでプレイしたら、ほんとうのゲームのおもしろさはわからない。何回もリセットしてクリアしても、ゲームの満足感はすくない」

「…………」

「大人なら、リセットなんかに頼《たよ》るんじゃねぇ！　――大人代表として、声を大にしていいたいね」

子ども代表みたいな神宮寺さんがいって、ドアが閉まる。

ぼくと創也は、その背中にむかって頭を下げる。

また三人だけになった店内で、加護妖が口をひらく。

「パッと見たところ、自由な社会人みたいな雰囲気《ふんいき》だけど、いいことというね」

たしかに、神宮寺さんのファッションセンスは、堅気《かたぎ》の人とは思えない。

「大学生たちにも、さっきのことばきかせてあげたいよ。早く大人になりなよって――」

そして、加護妖は、軽い調子で話し続ける。

冗談《じょうだん》めかして、明るい調子で――。

なのに、ぼくと創也は、加護妖の話から意識をそらせることができない。まるで、魔法《まほう》にかかったようだ。

「五芒星《ごぼうせい》を描《か》いても、護堂は来ない。護堂が来ても、リセットは起きない。なのに、みんな右往左往する」

その〝みんな〟には、ぼくも創也もふくまれる。

「右往左往の大騒動《おおそうどう》。いったい、だれが楽しんだのかな？」

「…………」

ぼくと創也は、同じタイミングで、テーブルの上のおしぼりを手に取る。そして、額の汗《あせ》をふく。空調は、寒いぐらいにきいてるのに……。

まるで、悪魔《あくま》とむかい合ってるような雰囲気《ふんいき》。

不意に、加護妖がテーブルに手をつき、ぼくらのほうに身を乗り出す。

「ねぇ、連絡先交換《れんらくさきこうかん》してよ。わたし、時間ができたらふたりに連絡取るからさ――」

そしてテーブルにおいていた、自分のスマホの電源を入れる。

「ちょっと待った！」

創也がスマホをうばい電源を切るが、おそかったようだ。

「……なに？　竜王《りゅうおう》くん、どうかしたの？」

不安そうにきいてくる加護妖。

店の外を、バタバタと走っていく数人の足音。

「この近くか？」

「まちがいない」

「一瞬《いっしゅん》だが、ＧＰＳに反応があった」

どなりあってるような声が、店の中まできこえてきた。

口を手で押《お》さえる加護妖。そのままテーブルの下にもぐりこむ。

創也が冷静な声でいう。

「スマホの電源を入れたのは、失敗だね。ＧＰＳが作動し、マネージャーさんたちに、きみの位置が知られてしまった」

「チッ！」という舌打ちが、テーブルの下からきこえる。同時に、手がのびて、ジンジャーエールのグラスとミックスサンドの残りを持つ。

ぼくは、窓から外のようすをうかがう。黒服を着た数人の男が、通りを右往左往している。

「この店、裏口ってありますか？」

マスターが、だまってカウンターの奥《おく》を指さす。

加護妖が、テーブルの下から飛び出し、ぼくらに頭を下げる。

「さわがせて、ごめん。またね！」

それだけいい残し、あっという間にカウンターの奥に消える。

去《さ》り際《ぎわ》、ぼくのほうを見た加護妖の口が、なにかつぶやくように動いたんだけど、なにがいいたかったのかはわからない。

数秒たつと、さっきまで加護妖がいたなんてことが信じられなくなるぐらい、見事な退場のしかただった。

「ぼくらも帰ろうか──」

創也が勘定書《かんじょうがき》を右手に持つ。そして、左手を、ぼくのほうにつき出す。

ぼくは、その手にコーラの代金をのせる。

創也は、手を引っこめない。

「加護くんが食べたミックスサンドのお金は?」

「それをいうなら、ジンジャーエールの代金は?」

「…………」

ぼくらは加護妖の飲食代をどちらが出すか、見苦しいいい争いをくりひろげる。それを見ているマスターの目が、だんだんきびしくなる。

ジャンケンの結果、ぼくがお金を出すことになった。

──やっぱり、あいつは悪魔《あくま》か……?

ENDING《エンディング》
祭りは続くよ、いつまでも

大学祭が終わって、三週間が過ぎた。

ぼくに、どんな変化があったか？

まず、大学に行きたいなと思った。それですこし、真剣《しんけん》に勉強に取り組みはじめた。ただ、成績については変化がない。

あと、クラスの連中は文化祭を楽しみにしている。M大の学祭を参考に、盛大《せいだい》にもりあがる文化祭にしたいと考えている（達夫《たつお》は、加護妖《かごよう》のライブができないか、密《ひそ》かに計画している）。

そして、いちばんの変化は、ぼくが物語を書こうと決意したこと——。

今まで、書こう書こうとして、なかなか書けなかった物語。いや、書けなかったんじゃない。書かなかったんだ。

それが、加護妖に会って変わった。

物語を書こう——書かなきゃいけないと思った。

砦《とりで》の文机《ふづくえ》。その上に、原稿《げんこう》用紙の束をのせる。手には、太軸《ふとじく》の万年筆。

なにを書くかは決めている。

学祭の大騒動《おおそうどう》で、気になったことを書くつもりだ。

創也《そうや》の謎解《なぞと》きがまちがってるとか、そういうことじゃない。純粋《じゅんすい》に、気になったこと——それは数字だ。

――どうして護堂《ごどう》は、四十九年後に姿を現すといったのか？

五十年でも百年でもない。四十九年という中途半端《ちゅうとはんぱ》な数字。

また、『護堂を待ちながら』という小説の枚数――二十一枚。なぜ、二十枚ではなく、二十一枚なのか？

そして、MGCの優勝賞金――九十八万円。これも、ふつうなら百万円ちょうどにするんじゃないだろうか？
四十九、二十一、九十八……。
些細《ささい》なことかもしれない。たまたま、そんな数字になっただけ。――気にしなければいいんだろうけど、一度引っかかると、気になってしかたがない。

この三つの数字に、なにか共通することはないのか？

いろいろ考えて、ようやく見つけた。

それは、『七』だ。七という数字が共通している。

四十九は、七の二乗。二十一は、七の三倍。九十八は、七の二乗の二倍。

たしかに、七が関係している。これは、すごい発見だ！

この『七』という数字を手がかりに、今回の学祭をふりかえって、物語を書いてみようと思う。そのためにも、まずは、七という数字について調べなくてはいけない。

ぼくは、『ソヤペディア』にアクセス。

「創也、『七』という数字について、教えてくれ」

返ってきたのは、ため息。

「まったく、きみの質問は唐突《とうとつ》だね。もうすこし、なにを知りたいかを決めてから質問してほしいものだね」

ぼくは、文句をききたいんじゃない。『七』について知りたいだけだ。

そう反論すると、『ソヤペディア』はため息をつきながらも、教えてくれた。

「『六』の次で、『八』の前の数字だよ」

「バカにしてるのか？」

「事実をいってるだけだ」

「そんなのじゃなく、もっとこう……物語のネタになるようなことを教えてくれよ」

三回目のため息とともに教えてくれたのは、西洋では『七』が幸運の数字であるとか、ヨハネの黙示録《もくしろく》には七つの門が登場するとか、あまり使えそうにない話ばかりだった。

そして最後には、質問が飛んできた。

「どうして『七』について知りたいんだい？」

ぼくが、学祭の騒《さわ》ぎに『七』という数字が関わってるというと、創也はあごを指でつまみ考えこむ。

「なかなか興味深い話だ。今かかえてる問題がかたづいたら、考えてみるよ」

「かかえてる問題って……なんだ？」

「『護堂を待ちながら』の作者——厄子《YAKUSI》。この名前、内人《ないと》くんはなにも思わないかい？」

「……？」

首をひねるぼく。

創也は、ホワイトボードに『厄子《やくし》』と書く。

「加護くんが、この名前をなんて読んだか、覚えてるかい？」

「たしか……『やくこ』」

「そう、『厄《やく》』は『やく』、『子』は、ふつう『こ』と読むからね」

小学生でもわかる問題だ。

創也が、『厄子』の上に、ルビをふるように『やくこ』と書いた。そして、「さぁ、気づいただろ？」という顔を、ぼくにむける。

ぼくは、「うにゅ？」という疑問の顔を返す。

創也がため息をつく。

「『やくこ』を、逆に読んでみたまえ」

……こくや……。黒夜《こくや》！

「創也……厄子って、黒夜のことか！」

黒夜――『頭脳集団《ブランナ》』に、ぼくらの殺害依頼《いらい》をした人物。正体不明で、ぼくらにはまったく心当たりがない。

しかし、その黒夜が厄子だったら……。

ダメだ、さっぱりわからない。

だいたい、『護堂を待ちながら』が書かれたのが四十九年前。そのころ、ぼくも創也も生まれてなかった。それに、黒夜が当時二十《はたち》歳だとしたら、現在六十九歳《さい》。そんなお年寄りに、命をねらわれる覚えはない。

そういうと、創也が、指をチッチッチとふった。

「最初、ぼくもそう考えた。四十九年という時間は、人間には人生の半分以上ともいえる長い時間だ。人間にはね」

「〝人間には〟ってことは……黒夜は、人間じゃないってのか？」

うなずく創也。

たしかに、人間じゃなければ百年でも二百年でも関係ないだろう。

「ぼくらは、ＡＩを組みこんだ人形に声をぬかれた。もし黒夜がＡＩのようなものだったら……」

創也のことばをきいて、ぼくは思い出す。

ＡＩの創也と話してるとき、ぼくは質問した。

おまえを操《あやつ》ってるのはだれだって――。

でも、だれも操っている者がいなかったら……。ＡＩ自身が、自分の意思で行動していたら……。

そして、そのＡＩが黒夜……。

背中がゾワリとする。空腹でたおれそうになったとき目の前に出された豪華《ごうか》な料理の数々、それらすべてが蠟細工《ろうざいく》だったような気分だ。

「ちょっと、待てよ。あのとき、出前ゲームを使って五芒星《ごぼうせい》を描《か》こうとしたのは『頭脳集団』だ。ということは、黒夜は『頭脳集団』のメンバー……？」

ぼくのつぶやきに、創也は答えない。

ひとりごとのように、話しはじめる。

「これは、推理ではなく想像なんだけど……。ぼくらは、『頭脳集団』は組織だと思っていた。その〝組織〟というイメージに縛《しば》られていて、『頭脳集団』の本質が見えていなかったんじゃないだろうか？」

どういうことだ？

「『頭脳集団』は組織じゃない。ＡＩのようなものの指示に従って動く集団なんじゃないかと思う。そして、そのＡＩのようなものが、黒夜かもしれない」

はぁ……？

じゃあ、黒夜が『頭脳集団』のリーダー……？

「本気でいってるのか？」

うなずく創也。

「じゃあ、ユラさんたちは機械に支配されて動かされてるってことか？」

「〝支配〟ってことばが適切かどうかは迷うところだ。ただ、ＡＩのようなものが指示を出していると考えると、今まで不明だったことが見えてくる」

「あのさ……確認《かくにん》するんだけど、そのＡＩみたいなもんに、ぼくらは命をねらわれてるんだよな？　ぼくらのつくるゲームのせいで、人類が醒《さ》めない夢を見る――なんて因縁《いんねん》つけられてさ」

ほんとうに勘弁《かんべん》してほしい。チンピラにからまれたような気分だ。

「………」

創也は、答えない。

ぼくも、口を閉ざしたままだ。

創也が、紅茶をいれる準備を始める。ぼくは、手伝う気もなかったんだけど、ティーカップをならべたりする。

やがてダージリンティーの香りが、砦《とりで》にただよう。

ぼくらふたり、無言で紅茶を飲む。ティーカップを包んだ両手が、暖かい。

さっきまで冷えていた体に、熱がもどる。

ぼくは、つぶやく。

「あのさ……。『出前ゲーム』のファイナルステージ。ぼくは、AIの創也から、こんな話をきいたんだ」

そして、〝操《あやつ》られている〟という話をする。

「その後、ぼくは『出前ゲーム』のゴールにむかって歩いていた。そんなつもりもないのに、歩き出したんだ。まるで、操られているように……」

「それは……ゲームをクリアしたら、操ってるものの正体がわかるっていわれたからなんじゃないか？」

創也がいうけど、ぼくには納得《なっとく》できない。

ぼくは続ける。

「さらにふしぎなのは、ゴール寸前で転んだことだ。あれは、ゲームオーバーにするために神さまが転ばせたのかな？」

「………」

「もし、神さまが、ぼくを操《あやつ》ってるのなら、プレイヤーがどれだけがんばっても関係ないよな？

だったら、ゲームなんかつくってもむだじゃないか？」

「答えはかんたん。神さまを出《だ》し抜《ぬ》くようなゲームをつくればいいのさ」

創也のことばに、ぼくはポンと手を打つ。

「たしかに、そのとおりだ」

ぼくは、創也を見る。

創也も、ぼくを見る。

「フフ……」

「……ハハハハ」

自然に笑えてくる。

「まったく……ややこしい敵がおおいね」

創也が、しみじみいう。

敵は、ＡＩのようなものと神さま。

相手にとって不足はない！　……というか、おつりが来るぐらいだ。そしてこまったことに、

ぼくも創也も、この状況《じょうきょう》を楽しんでいる。

「さてと――」

紅茶を飲みほした創也が、コンピュータにむかう。

「栗井栄太《くりいえいた》ご一行さまに『頭脳集団』、さらには神さま――。どれだけ敵がおおくても、ぼくらがゲームをつくることに変わりない」

創也の力強いことば。

さっきまでの笑顔《えがお》が消え、真剣《しんけん》な表情。

「今から三十分後に、新しいゲームの企画会議《きかくかいぎ》を始める。それまでに、できるだけたくさんのネタを考えておいてくれ」

「了解《りょうかい》した」

ぼくも力強く答え、紅茶を飲みほす。

――ネタの中に、『電柱コレクション　Ver 19』も入れておこう。

物語を書こうと思って広げていた原稿用紙《げんこうようし》。いったん、それをわきに退《ど》け、ぼくはノートにネタをひねりだす。


〈Fin〉

あとがき

どうも、はやみねかおるです。

『都会《まち》のトム&ソーヤ』の㉑巻は『神々のゲーム』です。

☆

舞台は、M大学――大学祭です。

M大学といえば、オカルトグッズを山のようにまとった大学生が所属する『あやかし研究会』や、記憶力のない論理学教授がいたことで有名な大学です。

今回、内人《ないと》と創也《そうや》に遊んでもらうのにふさわしい場所です。

ただ、原稿を書くにあたってこまったことが……。

卒業してから四十年近くたっているので、大学がどういうところだったのか記憶から消えているのです（決して、大学をサボってばかりだったからではありません）。

大学が舞台となれば、学生のようすや、どんな建物があって広さがどれぐらいかとか――描写《びょうしゃ》しなければいけないことがたくさんあります。それに、大学祭って一年生の時ぐらいしか参加しなかったので、雰囲気《ふんいき》もつかめません。

というわけで、母校へ取材に行くことにしました。

二十年ぐらい前、『僕《ぼく》と先輩《せんぱい》のマジカル・ライフ』を書くために取材に行って以来です。そのときも母校の変化におどろいたのですが、今回は、もっとおどろきました。


道場もサンドイッチカフェもなくなってました。知らない道も校舎も増えていました。なんだか、広くなってるような気がしました。

大学周辺――。二十年前は、友だちや先輩《せんぱい》が住んでた下宿もすこしは残っていたのが、すべてなくなっていました。スーパーマーケットも安い食堂も残ってません。歩道橋まで姿を消してました。

さびしさは、あまり感じませんでした。それぐらい、学生時代を過ごした街は変化していたのです。

そして、ようやく大学を卒業できたんだなと思いました。

☆

なぜ、大学を舞台にしたのか？

一つに、中学生の読者に、大学がどんなところかを感じてほしかったからです。

もし進学できるような環境にあれば、大学に行くことをお勧《すす》めします。生活するのに精一杯《せいいっぱい》だったぼくのような貧乏《びんぼう》学生でも、行ってよかったなと思います。

もっとも、「人生をリセットしてやるから、もう一度、学生時代にもどるか？」ときかれたら、ブンブンと首を横に振《ふ》ります。

☆

原稿を書いている間、ずっと自分はリセットしたいかを考えてました。

リセット——いろいろ心揺《ゆ》らぐ設定ですが、「だが、断る！」というのが最終的な結論になるような気がします。

ぼくは意地っ張りなので、「今がいちばん幸せ」というようにしています。それは、息を引き取る直前でも変わりません。そのためにも、リセットにホイホイ飛びつくわけにはいきません。

このテーマについては、まだまだ書きたいことがあります。それは、またべつの機会に書かせてください。

☆

では、最後に感謝の言葉を——。

この物語には、『都会のトム&ソーヤ　第一回オンラインクイズ大会』の優勝者——おかもちさんにゲスト出演していただいてます。それに際し、キャラ設定や文章の確認など、お世話になりました。ありがとうございます。読者のみなさんは、おかもちさんがどの登場人物かを、読んで考えてみてください。

担当の磯村《いそむら》さん。問題の多かった初稿を、的確なアドバイスで救っていただきました。ありがとうございます（締《し》め切《き》りをのばしてくださったのにも、感謝です）。

お忙《いそが》しい中、イラストを描《か》いてくださった、にし先生。ありがとうございます。ぼくが描いたキャンパス図をイラストに加えていただきありがとうございます。あと、ユラさんに夏音《かのん》、加護妖《かごよう》のイラストがうれしかったりします。

それから、奥《おく》さんへ——。今回、取材で学生時代を過ごした街を引っ張り回しました。おつきあい、ありがとうございます（「本当は海外の取材がいいな」と奥さんの目がいってましたが、その予定はありません）。

そして、読者のみなさん——。

六十五歳で引退する予定を、諸般《しょはん》の事情で九十二歳までのばしました。しかし、六十五歳までに赤い夢の全容を書く計画は変えていません。

それに伴《ともな》い、今回の『神々のゲーム』で、広げた風呂敷《ふろしき》をすこしだけ畳《たた》みました（もっとも、〝AIの敵〟に関しては⑱巻に伏線を張っておいたのですが、気づかれました……？）。

六十五歳までに、赤い夢の世界を書ききりたいです。すみませんが、今しばらくおつきあいください。……あっと、六十五歳からは赤い夢の世界を掘り下げる計画ですので、引き続きおつきあい願いたいです！　よろしくお願いします。

☆

次の巻では、『第二回オンラインクイズ大会』の上位成績者四名に、登場していただく予定です。

いったいどんな物語になるのか？　ぼく自身もワクワクしてます。

みなさんも刮目《かつもく》してお待ちください。それまでお元気で。

では！

Good《グッド》 Night《ナイト》, And《アンド》 Have《ハブ》 A《ア》 Nice《ナイス》 Dream《ドリーム》!

【はやみねかおる　作品リスト（講談社）】2024年3月現在

◆ 講談社青い鳥文庫

＜名探偵夢水清志郎シリーズ＞

『そして五人がいなくなる』（'94.2），『亡霊《ゴースト》は夜歩く』（'94.12），『消える総生島』（'95.9）
『魔女の隠れ里』（'96.10），『踊る夜光怪人』（'97.7），『機巧館《からくりやかた》のかぞえ唄』（'98.6）
『ギヤマン壺の謎』（'99.7），『徳利長屋《とっくりながや》の怪』（'99.11），『人形は笑わない』（'01.8）
『「ミステリーの館」へ、ようこそ』（'02.8），『あやかし修学旅行 ―鵺《ぬえ》のなく夜―』（'03.7）
『笛吹き男とサクセス塾の秘密』（'04.12），『ハワイ幽霊城の謎』（'06.9）
『卒業 ～開かずの教室を開けるとき～』（'09.3），『名探偵VS. 怪人幻影師』（'11.2）
『名探偵VS. 学校の七不思議』（'12.8），『名探偵と封じられた秘宝』（'14.11）

＜怪盗クイーンシリーズ＞

『怪盗クイーンはサーカスがお好き』（'02.3），『怪盗クイーンの優雅な休暇《バカンス》』（'03.4）
『怪盗クイーンと魔窟王の対決』（'04.5），『オリエント急行とパンドラの匣《ケース》』（'05.7）
『怪盗クイーン、仮面舞踏会にて ―ピラミッドキャップの謎　前編―』（'08.2）
『怪盗クイーンに月の砂漠を ―ピラミッドキャップの謎　後編―』（'08.5）
『怪盗クイーン、かぐや姫は夢を見る』（'11.10）
『怪盗クイーンと悪魔の錬金術師 ―バースディパーティ　前編―』（'13.7）
『怪盗クイーンと魔界の陰陽師 ―バースディパーティ　後編―』（'14.4）
『ブラッククイーンは微笑まない』（'16.7）『ケニアの大地に立つ』（'17.9）
『ニースの休日 ―アナミナティの祝祭　前編―』（'19.7）『モナコの決戦 ―アナミナティの祝祭　後編―』（'19.8）『煉獄金貨《プルガトリオ》と失われた城』（'21.7）『楽園の名画を追え』（'22.5）『NYでお仕事を バトルロイヤル 前編』（'23.5）『摩天楼は燃えているか バトルロイヤル 後編』（'23.8）
『怪盗クイーン 公式ファンブック 一週間でわかる怪盗の美学』（'13.10）
『怪盗クイーンはサーカスがお好き ゲームブック』（'22.6）

＜大中小探偵クラブシリーズ＞

『大中小探偵クラブ ―神の目をもつ名探偵、誕生！―』（'15.9）
『大中小探偵クラブ ―鬼腕村《おにかいなむら》の殺ミイラ事件―』（'16.3）
『大中小探偵クラブ ―猫又家埋蔵金《ねこまたけまいぞうきん》の謎―』（'17.1）

『バイバイ スクール　学校の七不思議事件』（'96.2），『怪盗道化師《ピエロ》』（'02.4）
『オタカラウォーズ　迷路の町のＵＦＯ事件』（'06.2）
『少年名探偵WHO《フー》 ―透明人間事件―』（'08.7），『少年名探偵　虹北恭助《こうほくきょうすけ》の冒険』（'11.4）
『ぼくと未来屋の夏』（'13.6），『恐竜がくれた夏休み』（'14.8）
『復活!!　虹北学園文芸部』（'15.4），『打順未定、ポジションは駄菓子屋前』（'18.6）

◆短編集ほか

「少年名探偵WHO《フー》 ―魔神降臨事件―」（『あなたに贈る物語《ストーリー》』収録）（'06.11）
『はやみねかおる公式ファンブック　赤い夢の館へ、ようこそ。』（'15.12）

◆ 講談社文庫

『そして五人がいなくなる』（'06.7），『亡霊《ゴースト》は夜歩く』（'07.1），『消える総生島』（'07.7）
『魔女の隠れ里』（'08.1），『踊る夜光怪人』（'08.7），『機巧館《からくりやかた》のかぞえ唄』（'09.1）
『ギヤマン壺の謎』（'09.7），『徳利長屋《とっくりながや》の怪』（'10.1），『赤い夢の迷宮』（作／勇嶺薫《はやみねかおる》）（'10.5）
『都会《まち》のトム＆ソーヤ』①～⑩（'12.9～）

◇ 講談社 BOX

『名探偵夢水清志郎事件ノート そして五人がいなくなる』（'08.1）（漫画／箸井地図《はしいちず》）
『少年名探偵　虹北恭助の冒険　高校編』（'08.4）（漫画／やまさきもへじ）

◆ 講談社 YA! ENTERTAINMENT

『都会《まち》のトム＆ソーヤ ①』（'03.10）
『都会のトム＆ソーヤ ② 乱《らん》！ RUN《ラン》！ ラン！』（'04.7）
『都会のトム＆ソーヤ ③ いつになったら作戦《ミッション》終了？』（'05.4）
『都会のトム＆ソーヤ ④ 四重奏《カルテット》』（'06.4）
『都会のトム＆ソーヤ ⑤ IN《イン》 塀戸《VADE》』（上・下）（'07.7）
『都会のトム＆ソーヤ ⑥ ぼくの家へおいで』（'08.9）
『都会のトム＆ソーヤ ⑦ 怪人は夢に舞う＜理論編＞』（'09.11）
『都会のトム＆ソーヤ ⑧ 怪人は夢に舞う＜実践編＞』（'10.9）
『都会のトム＆ソーヤ ⑨ 前夜祭《イブ》 ＜内人side＞』（'11.11）
『都会のトム＆ソーヤ ⑩ 前夜祭《イブ》 ＜創也side＞』（'12.2）
『都会のトム＆ソーヤ ⑪ DOUBLE《ダブル》』（上・下）（'13.8）
『都会のトム＆ソーヤ ⑫ IN THE《インザ》 ナイト』（'15.3）
『都会のトム＆ソーヤ ⑬ 黒須島《くろすとう》クローズド』（'15.11）
『都会のトム＆ソーヤ ⑭ 夢幻《むげん》』（上）（'16.11），（下）（'17.2）
『都会のトム＆ソーヤ ⑮ エアポケット』（'18.3）
『都会のトム＆ソーヤ ⑯ スパイシティ』（'19.2）
『都会のトム＆ソーヤ 外伝 (16.5) 魔女が微笑む夜』（'20.3）
『都会のトム＆ソーヤ ⑰ 逆立ちするライオン』（'21.3）
『都会のトム＆ソーヤ ⑱ 未来からの挑戦』（'21.7）
『都会のトム＆ソーヤ ⑲ 19BOX ～日常～』（'22.3）
『都会のトム＆ソーヤ ⑳ トムvs.ソーヤ』（'23.3）
『都会のトム＆ソーヤ ㉑ 神々のゲーム』（'24.3）
『都会のトム＆ソーヤ 完全ガイド』（'09.4），『都会のトム＆ソーヤ 最強ガイド』（'21.6）
「打順未定、ポジションは駄菓子屋前」（『YA! アンソロジー 友情リアル』収録）（'09.9）
「打順未定、ポジションは駄菓子屋前、契約は未更改」（『YA! アンソロジー エール』収録）（'13.9）
『都会のトム＆ソーヤ ゲーム・ブック 修学旅行においで』（'12.8）
『都会のトム＆ソーヤ ゲーム・ブック 「館《やかた》」からの脱出』（'13.11）
『都会のトム＆ソーヤ ゲーム・ブック ぼくたちの映画祭』（'21.5）

◆ 講談社ノベルス＆講談社タイガ

「少年名探偵 虹北恭助の冒険」シリーズ （'00.7～），『赤い夢の迷宮』（作／勇嶺薫）（'07.5）
『ぼくと未来屋の夏』（'10.7）『ディリュージョン社の提供でお送りします』（'17.4）
『メタブックはイメージです ディリュージョン社の提供でお送りします』（'18.7）
「思い出の館のショウシツ」（『謎の館へようこそ 黒』収録）（'17.10）

◇ ＫＣ（コミックス）

『名探偵夢水清志郎事件ノート』①～⑪（'04.12～）（漫画／えぬえけい）
『名探偵夢水清志郎事件ノート「ミステリーの館」へ、ようこそ』（前編・後編）（'13.3）（漫画／えぬえけい）
『都会のトム＆ソーヤ』①～③（'16.6～）（漫画／フクシマハルカ）

◆ 単行本

講談社ミステリーランド『ぼくと未来屋の夏』（'03.10），『ぼくらの先生！』（'08.10）
『恐竜がくれた夏休み』（'09.5），『復活!! 虹北学園文芸部』（'09.7）
『帰天城《かえりそらじょう》の謎 ―TRICK《トリック》 青春版―』（'10.5）
『4月のおはなし ドキドキ新学期』（絵／田中六大）（'13.2）
『怪盗クイーンからの予告状 怪盗クイーン エピソード0』（'20.5）
『令夢《れむ》の世界はスリップする 赤い夢へようこそ―前奏曲―』（'20.7）

はやみねかおる

三重県生まれ。『怪盗道化師《ピエロ》』で第30回講談社児童文学新人賞に入選し、同作品でデビュー。主な作品に「名探偵夢水清志郎」シリーズ、「怪盗クイーン」シリーズ、「虹北恭助」シリーズ、『ぼくと未来屋の夏』『ぼくらの先生！』『恐竜がくれた夏休み』『復活!!　虹北学園文芸部』『令夢の世界はスリップする　赤い夢へようこそ―前奏曲―』（いずれも講談社）、『めんどくさがりなきみのための文章教室』（飛鳥新社）などがある。第61回野間児童文芸賞特別賞受賞。

にしけいこ（西炯子）

鹿児島県生まれ。漫画家。主な作品に「STAY」シリーズ、『娚《おとこ》の一生』、『姉の結婚』、『初恋の世界』（いずれも小学館）、『恋と軍艦』（講談社）などがある。

装丁・城所潤（Jun Kidokoro Design）

本書は書きおろしです。

YA! ENTERTAINMENT
都会《まち》のトム＆ソーヤ㉑
神々《かみがみ》のゲーム
はやみねかおる
2024年3月26日　第1刷発行

N.D.C.913　346p　19cm　ISBN978-4-06-534853-6

発行者　森田浩章
発行所　株式会社講談社
〒112-8001
東京都文京区音羽2-12-21
電話　編集 03-5395-3535
販売 03-5395-3625
業務 03-5395-3615
印刷所　株式会社ＫＰＳプロダクツ
製本所　大口製本印刷株式会社
本文データ制作　講談社デジタル製作

KODANSHA

都会《まち》のトム&ソーヤ
最強ガイド

はやみねかおる　画／にしけいこ

シリーズ事件簿から登場人物全リストまで、これを読めば「マチトム」のすべてがわかる、最新で究極のガイドブック。はやみね先生のスペシャル短編小説、映画主演の城桧吏さんとの対談、にし先生の描きおろしマンガが入った超お得な１冊です！

令夢の世界はスリップする

赤い夢へようこそ　−前奏曲−

はやみねかおる

わたしの名前は谷屋《たにや》令夢《れむ》。中学２年生の女の子。身長も体重も成績も容姿も、何もかもが普通だけど、たった一つほかの誰にもない能力を持っている。それが、スリップ。そして「この世界」にスリップしてきた令夢は、幼なじみの内藤内人といっしょに「落書き事件」の調査を開始する——。

『怪盗クイーン』シリーズ

（講談社青い鳥文庫）

はやみねかおる　絵／K2商会

独自の美学を持ち、狙った獲物を見つけると、どんな状況でも大胆華麗に盗み出す――。それが怪盗クイーン。パートナーのジョーカー、ＲＤ《アールディー》とともに飛行船トルバドゥールで世界中をかけめぐる。世界一の大怪盗、クイーンに不可能はない！

Kaoru Hayamine
はやみねかおる
最新情報をゲット！
ぜひ、のぞいてみてね！
はやみねかおる
Kaoru Hayamine Special site
スペシャルサイト
最新ニュースや
「名探偵夢水清志郎事件ノート」、
「都会のトム＆ソーヤ」、
「怪盗クイーン」シリーズなどの
内容紹介が充実しています。
二次元コード
から
アクセス！
はやみねかおるスペシャルサイト
でも検索できるよ。
X（エックス）
日々の小さなお知らせなどを、
いち早くお届けします。
はやみねかおる 講談社 で
検索！
絵／村田四郎・にしけいこ・K2商会